あいのかわき

爱的饥渴

[日] 三岛由纪夫——著　陈德文——译

Yukio Mishima

古吴轩出版社

图书在版编目（CIP）数据

爱的饥渴 /（日）三岛由纪夫著；陈德文译. -- 苏州：古吴轩出版社，2021.7
ISBN 978-7-5546-1779-3

Ⅰ. ①爱… Ⅱ. ①三… ②陈… Ⅲ. ①长篇小说－日本－现代 Ⅳ. ①I313.45

中国版本图书馆 CIP 数据核字（2021）第 147779 号

责任编辑： 俞　都
见习编辑： 唐孟阳
策　　划： 村　上　荀　敏
内文排版： 王丽娟
装帧设计： Abook—七月

书　　名： 爱的饥渴
著　　者： ［日］三岛由纪夫
译　　者： 陈德文
出版发行： 古吴轩出版社
地址：苏州市八达街118号苏州新闻大厦30F　邮编：215123
电话：0512-65233679　传真：0512-65220750
出 版 人： 尹剑峰
印　　刷： 天宇万达印刷有限公司
开　　本： 787×1092　1/32
印　　张： 6.5
字　　数： 124千字
版　　次： 2021年7月第1版　第1次印刷
书　　号： ISBN 978-7-5546-1779-3
定　　价： 32.00元

我不是去烧丈夫，而是去烧嫉妒的。

目录
CONTENTS

第一章

悦子这天在阪急百货店买了两双再生毛袜子，一双是深蓝色的，一双是茶褐色的。都是朴素的一色袜子。

即便来一趟大阪，她也是到阪急铁道终点站的百货店买完东西，接着就折回头乘电车回家了。她不去看电影。别说吃饭，连茶也没有喝一口。因为对于悦子来说，没有比城里杂沓的行人更可厌的了。

要想去逛逛，可以从梅田站顺着阶梯到地下，乘地铁到心斋桥和道顿堀，一点也不犯难。要是肯跨出百货店，穿过交叉路口，立即就置身于大都市的海洋里，被汹涌的人流推拥着前进。路边擦皮鞋的孩子们一声声高喊：“擦皮鞋喽！擦皮鞋喽！”

悦子生长在东京，她不熟悉大阪，对这座城市抱着莫名的恐惧——绅商、乞丐、工厂把头、股票投机家、街娼、鸦片走私者、职员、流氓、银行家、地方官、市议员、说唱艺人、小妾、吝啬女人、新闻记者、曲艺师、女招待、擦皮鞋的——大阪就是这些人的城市。不过，悦子害怕的其实不是城市，仅仅是这里的生活，不是吗？生活本身就是无边无际的大海，既充满众多混杂的漂流物，反复多变，暴怒无常，又总是被看作一派澄明和蔚蓝。

悦子尽量展宽了印花的购物袋，把买来的袜子深藏在最底层。这时，闪电在敞开的窗户外面划过，紧接着，轰隆隆的雷鸣震得店面的玻璃柜微微颤动。

风慌忙地闯进来，将一直低垂着写有“特价商品”字条的小广告牌刮倒了。店员们跑步去关窗户。室内一片晦暗。这从商场里大白天也整日开着的电灯上可以觉察出来，因为这些电灯一下子增加了亮度。然而，看样子雨不会马上到来。

悦子把购物袋挎在胳膊上，任凭袋子上弯度很大的竹梁从腕子滑落下来，两只手只顾捂着面颊。她的两颊灼热，经常如此，没有任何缘由，当然也不是什么病引起的。猛然之间，脸上就火烧火燎起来。她那本来就很纤弱的手掌，眼下也起了水泡，经太阳一晒，因为手掌肌理柔弱，反而显得更加粗糙了。她的双手扎喇扎喇地抚摸着灼热的两颊，这就更使悦子满脸发烫。

现在她感到什么事都能做出来。她穿过交叉路口，径直地前进，仿佛走在跳水台上，她甚至觉得可以向那街道中心纵身一跃了。想到这里，悦子的视线注视着穿越商场之间杂沓的无动于衷的人群，蓦地陷入了快速的梦想之中。这个乐天的女子，对于不幸缺乏幻想的天分，她的胆小怕事皆来自这里。

是什么给了她勇气呢？是雷鸣吗？是刚才买的两双袜子吗？悦子分开人流急急向楼梯走去。楼梯上挤满了人。她下到二楼，接着就奔阪急电铁售票处附近的一楼大厅而去。

她望着外面，一两分钟之间，骤雨沛然而降，柏油路早已湿漉漉的，仿佛大雨已经下得很久很久，急遽的雨点在路面上四处飞溅。

悦子走到店门口，恢复了冷静，安下心来。她感到劳累，有点轻度的眩晕。她没有带伞，看来是走不出去了。

也并非如此，是因为没有这个必要了。

她站在门口，巴望看到转瞬间被大雨逐渐抹消的市内电车、道路设施以及车道对面毗连的商店。可是，弹起来的雨水一直打湿她的衣裾。

店门边一片骚动，一个顶着皮包的男人跑了进来，另一个身着洋装的女子用纱巾蒙着头发跑进店门。他们仿佛就是奔着悦子这儿跑来集合的。只有她一个人没被淋湿，她身边尽是落汤鸡般的职员打扮的男男女女。他们发着牢骚，说说笑笑，多少带有些优越感，转身面对着自己穿越而来的豪雨，一齐默默地望着迷蒙的天空。

悦子也夹在这些濡湿的面孔之间，仰望着雨天。大雨似乎从浩渺的高空直接瞄准这些面孔，有条不紊地潇潇而下。雷声远去了，唯有暴雨的响声震得耳朵麻木，心中悸动。偶尔疾驰而过的汽车尖厉的喇叭声和站台上的广播，也盖不过豪雨的巨大声响。

悦子离开躲雨的人群，排在默默的、长长的、弯弯曲曲的购票队伍后头。

阪急宝冢线上的冈町站离梅田有三四十分钟的路程，快车不停。丰中市为了接纳战时从大阪逃难来的众多居民，在城郊建设了大量府营住宅，人口比战前增加了一倍。悦子住的米殿村也在丰中市内，属大阪府范围。这儿不是严格意义上的农村。

尽管如此，要买点中意的东西，又想便宜，只得花上一个多小时跑到大阪来。秋分前一天，她打算买些柚子供在丈夫良辅的灵位前，这是他爱吃的东西。不巧，百货店水果商场里缺货，她又不想到外面购买，不知是受到良心的责备，还是被另外一种暗暗的冲动所驱使，正要到大街上去，结果被大雨阻挡住了。事情就是这么简单，此外不会再有别的原因。

悦子乘上开往宝冢的慢车，在座席上坐下来。窗外的雨依然下个不停。站在面前的乘客摊开的晚报上油墨的香味，将她从沉思里唤醒过来。仿佛干了什么亏心事，她对自己前后打量了一番。什么也没有发现。

列车员吹响了哨子，声音震颤着，和着黑暗而沉重的铁锁互相挤压，列车启动了，不住地重复着单调的震动，从一站到下一站，吃力地行进着。

雨停了。悦子回过头，出神地眺望着云隙间散射出来的几条光线。阳光照在大阪郊外的住宅区上，像伸下来的苍白而无力的手臂。

悦子迈着孕妇般的步子，似乎有几分夸张地走着路。她本人没有意识到这一点，也没有人提醒她改正。她那走路的样子就像一个调皮鬼在朋友的领口悄悄别上了纸条，成为强制安在她身上的一种标记。

从冈町站前穿过八幡宫前面的牌坊，经过小城市喧嚣的闹市，终于来到房屋稀疏的地带。也许悦子走得太慢了，暮色已经包裹了她的身子。

府营住宅小区家家亮起了灯光。这个居民众多的令人大煞风景的村落，一样的形状，一样的矮小，一样的生活，一样的贫困。虽然走这里是近道，但悦子总是尽量回避。因为她不愿意一眼瞥见那些房子里廉价的碗橱、饭桌、收音机、毛织坐垫，有时还会看到角落里贫乏的伙食、浓郁的热气，不论哪一点都会使她恼怒非常。她心里只对幸福充满想象力，她只能瞥见幸福，而无法看到贫穷。

道路昏暗，响起了虫鸣，各处的水洼里映照着濒死的夕晖。左右是在潮湿的微风里摇曳的稻田。原野包孕着晦暗的浪涛，随风俯仰的稻穗也失去了昼间稔熟的光辉，看起来就像无数失魂落魄的植物无边的大聚会。

悦子围着乡间特有的寂寥单调的弯路打着迂回，来到小河岸边的小路上。这一带已经是米殿村的领域了。小河和小路之间是连绵的竹林。从这块地方到长冈是毛竹的著名产地。竹林边缘，标示着这里有一条穿过河面木桥的小路。悦子渡过木桥，穿过原来的佃农家门口，顺着枫树和各种果木之间，登上了茶树篱笆围绕的迂回而上的石阶，来到一个不太显眼的地方，打开杉本家的里院的拉门。这座住宅乍看像别墅，其实是全凭处处节俭的主人，运用极为缺乏雅趣的便宜的木材建造而成的。悦子听到里间屋子弟媳浅子的孩子们的欢笑声。

孩子们笑声不绝，是什么高兴的事情呢？她不能允许那种旁若无人的狂笑……悦子毫不犹豫地就这么想定了。她把购物袋放在台子上。

昭和九年，杉本弥吉在米殿村购买了一万坪[1]土地，那是他从关西商船公司引退五年前的事。

---

1 一坪约等于 3.306 平方米。

弥吉从东京近郊一个佃农的儿子起家，苦学力行，大学毕业后，进入当时位于堂岛的关西商船大阪总公司，娶了东京的妻子，在大阪度过了大半生。他叫三个儿子留在东京上学。昭和九年他做了专务董事，昭和十三年升任总经理，翌年急流勇退。

一位老朋友死了，杉本夫妇去扫墓，来到名叫服部陵园的新辟市营墓地，他们被周围这片山峦起伏的美好的土地迷住了，一问别人，才知道这个村子叫米殿村。他们在这块覆盖着竹园和栗树林的山坡上物色到可以辟为果园的理想处所，昭和十年在这里建了简朴的别墅，同时请园艺家栽培果树。

但是，这里并未像妻儿所期待的那样，成为别墅式的悠闲生活的根据地，只不过每逢周末，带着家眷从大阪开车来到这里走走，享受一下阳光和田园美景罢了。他的长子是个病弱的业余文艺爱好者，极力反对这位身心健全的父亲的趣味，打心底里感到轻蔑，但到头来还是被父亲拖到这里。因此，谦辅只得闷闷不乐地和弟弟们一同挥锄耕作。

大阪的实业家之中，有不少人由于天生吝啬，具有上方[1]式的生活能力和表里一致的乐观的厌世哲学。他们不去著名的海滨和温泉之乡修筑别墅，而是购买地皮便宜、人际应酬花销不大的山间谷地建造房屋，享受田园野趣。

2 指京都、大阪及附近地区。

杉本弥吉归隐后的生活据点转移到了米殿。“米殿”这个名称恐怕源自“米田”。太古时期，这地方是一片大海，土质肥沃，一万坪的土地可以出产多种水果和蔬菜。佃农一家和三个园丁，协助一位业余园艺家劳动，数年之后，杉本家的桃子成了市场上的抢手货。

杉本弥吉一生对于战争抱着冷眼旁观的态度。在他看来，这正是别具一格的蔑视的手段。城里人一概缺乏先见之明，所以不得已只好靠低劣的配给品，或购买黑市高价米过日子。而自己却有先见之明，所以才能悠然自得地过着自给自足的生活。就是这样，他把一切都归功于先见之明，就连不得已从公司引退，也觉得是这个先见之明使他引退的。从他那副神情上看，一个退休的实业家所尝受的痛苦和倦怠，几乎等同于一个俘虏所尝受的痛苦和倦怠，全都置之脑后了。他大骂军部，就像半开玩笑地述说一个别无怨尤的人的坏话。由于他的老妻患了急性肺炎，大阪军司令部的一位朋友寄来了军医发明的新药，不但毫不见效，反而害死了老妻。有了这件恩怨后，他的坏话越来越多了。

他亲手锄草，亲手耕田。他的农民的热血苏醒了，田园趣味转变为一种热情。妻子无所见，社会无所视，如今哪怕要他用手擤鼻涕，他也毫不在意。他身穿钉着金锁子的结实的西装背心和背带，从那备受折磨的老迈的肉体深处，浮现出一副百姓的骨骼，过于修饰的容颜后面，裸露出一张农民的面孔。看到这个，就会明白他平时对年轻一代因生气而倒竖的剑眉和炯炯的目光，其实就是一位老年农夫本来的脸型。

可以说，弥吉有生以来第一次拥有土地。迄今，他有足够的宅基地，这片农园过去在他眼里也是宅基地的一种，如今也只当作一块“土地”看待了。他又恢复了原来的本能，运用“土地”这种形态理解所有的概念。他似乎开始要把一生的业绩紧紧抓在手里，印在心中。他凭借一副成功者的特有的心态，蔑视父亲，诅咒祖父。如今看来，他的这种感情完全来自他们没有一寸土地。弥吉出于一种近乎复仇的爱心，在故乡的菩提寺修建了庞大的代代先祖的坟茔。他万没想到，良辅抢在自己前头进去了。早知这样，建在相邻的服部陵园就好了。

儿子们很少来大阪，他们不理解父亲的变化。老大谦辅，老二良辅，老三祐辅，各自心中对父亲的印象，虽说多少有些差别，但大都是过世的母亲一手培育起来的父亲影像。这位母亲具有东京中流家庭出身的通病，一心要求丈夫伪装成为上流社会的实业家。在她活着的时候，禁止丈夫用手擤鼻涕和在人前抠鼻孔，禁止喝汤咂嘴和向火钵灰里吐痰。所有这些恶癖，一旦获得社会的宽容，反而成为英雄豪杰骄人的依据，这样的例子不胜枚举。

儿子眼中的弥吉，变得那么可怜、迂执和装腔作势。他那意气扬扬的样子，又仿佛回到了关西商船公司专务董事的时代，不过这回却失掉了一个专务的灵活性，只剩下唯我独尊的霸气。那气势多么像一位农民追赶蔬菜小偷的怒吼。

二十铺席大的客厅里安放着弥吉的青铜胸像，悬挂着关西画坛重镇绘制的油画肖像。胸像和肖像画，都是根据名为《大日本某某股份有限公司五十年史》卷帙浩繁的纪念文集卷首排列的历代总经理的照片统一制作的。

儿子们之所以觉得老爷子一味装腔作势，是因为这尊胸像的神态所显露的那种顽强固执，以及对社会表现出的过分的夸张，完全根植于一副乡间老爷子的心理。凭着一种乡间土豪妄自尊大的口气，大讲军部的坏话，老实的乡人都以为他是出于忧国之至情，更加对他肃然起敬。

对于这样的弥吉向来不屑一顾的长子谦辅，却第一个最先投奔到父亲身边来了，这个结果真是一种讽刺。他无所事事地打发日子，由于哮喘这个老毛病被免除服兵役，但是义务劳动[1]却是免不了的。他知道会这样，赶紧通过父亲的说合，及早在米殿村邮局找到个差事干。既然妻子也搬来一起同住，平时总会产生一些矛盾，但谦辅对于傲慢父亲的专制行为一筹莫展，只好听之任之。这一点，他那善于和稀泥的天分得到了充分的发挥。

战争白热化了，当初的三个园丁全都应征入伍了。其中有一位广岛县的青年，家里派刚刚小学毕业的弟弟前来顶替。

这孩子名叫三郎，是接受母亲传授的天理教信徒，四月

1 原文作“征用”，特殊时期，国家强制国民参加某项工作。

和十月两次大祭典，他都要到天理教信徒集会的地方同母亲见面，脊背上披着印有“天理教”三个白字的“法被”，去参拜“御本殿”。

悦子把购物袋放在台子上，仿佛要测验一下反应，盯着夕暮笼罩的室内凝望着。孩子的笑声不间断地回荡着。虽说是笑声，但仔细听起来是哭声。那哭声摇动着寂静的室内的黑暗。也许是正在做饭的浅子，一时顾不过来的缘故。作为尚未从西伯利亚归来的祐辅的妻子，她领着两个孩子寄身于这里，是昭和二十三年春天，当时悦子刚失去丈夫。浅子应弥吉之邀来这里正好是一年之前。

悦子正要去自己六铺席的房间，猛然看见栏杆缝里亮着灯光，她不记得自己忘了关灯。

拉开障子门，正在桌前埋头读着什么的弥吉，战战兢兢地回头瞅着儿媳。只要看看那臂腕间倏忽闪现的红色书脊，立即就能明白他看的是悦子的日记。

“我回来啦。”

悦子用一副爽朗和快活的语调打着招呼，尽管眼前出现了不快的事情。事实上，她的脸色和自己单独待着的时候，完全判若两人，动作也像一个姑娘一样灵巧。失去丈夫的这位女子，可以说已经很“成熟”了。

“回来啦？好迟啊！”弥吉本想老实地道一声“好早啊”，但他错过了机会。

“肚子饿坏了，眼下闲着没事干，拿你的书翻翻。”

他把书递给她看，不知何时，日记已经调换成小说，那是悦子从谦辅那里借来的翻译小说。

“我很难看懂，不知道在说些什么。”

弥吉穿着农耕用的旧灯笼裤，军用衬衫外面罩着旧西装背心，他这身打扮几年来毫无变化。但是，他那一副近乎卑屈的谦虚态度，同战争时代的他或者同悦子所不了解的他相比，实在改变了许多。不仅如此，肉体已经出现衰败，目光失去力度，傲岸地紧闭着的嘴唇也松弛了。说起话来，就像马儿一样，两个口角冒着白色的唾沫。

“没有买到柚子，找了老半天，都没有找到。”

“那太遗憾了。”

悦子坐在榻榻米上，两手插入和服腰带。也许是走热了，腰带内侧像室内一样储满了体温。她感到自己的胸前汗津津的。那汗就像盗汗一般既浓且冷。周围的空气也飘溢着汗香，那本来就是冰冷的汗。

她浑身都不快活，似乎被什么紧紧捆绑住了。她不由得放松了坐着的身姿。她的这种瞬间的姿态，对于一个不了解她的人来说，很容易造成误解。弥吉几次都误以为她在献媚。然而，一旦他弄明白这是她极度疲劳时的无意识表现时，就控制自己不随便出手。

她歪倒着身子，脱去布袜。布袜溅上了泥水，袜底微微有些发黑。弥吉为了寻找话题，说道：

“都弄脏了呀。”

“嗯，道路很难走呢。”

“雨好大，大阪也下了吧？”

“嗯，那时我正在阪急采购来着。”

悦子又想起刚才的情景，暴雨震耳的巨响，浓云密闭的天空，仿佛整个世界都泡在雨里。

她沉默不语。她的屋子就这么点地方，当着弥吉的面，毫不介意地换下和服。由于电力不足，房里的灯光很暗，一言不发的弥吉和默默动着的悦子之间，唯有解腰带时绢丝摩擦的声音，听起来犹如生物的叫喊。

弥吉无法长久地忍耐沉默，他觉察到悦子无言的谴责。他催促她快些去吃饭，随后回到隔着一条走廊的自己八铺席的房间里。

悦子穿上便服，一边系衣带[1]，一边走到桌边。她反手按住背后的衣带，另一只手慵懒地一页页翻着日记本。忽然，她的唇边浮现了不怀好意的微笑。“公公不知道这是我的假日记，当然，谁又能猜到这是假的呢？有谁会料到，一个人能将自己的真心如此巧妙地伪装起来呢？”

正好翻到昨天的一页，悦子将脸凑近黯淡的纸面读起来。

1 原文作“名古屋带”，一种幅宽340厘米的女服腰带。大正初年，于名古屋设计织造，随之流行起来。

九月二十一日（星期三）

今天一整天什么事情也没发生。闷热的残暑过去了，院子里一片虫声。早晨，去村中发放点领取配给的大酱。听说发放点的孩子患了肺炎，好容易及时用了盘尼西林，得救了。虽说是别人的事，自己也感到欣慰。

乡间生活需要一颗单纯的心。好歹我在这方面经受了锻炼，可以独当一面了。我不觉得寂寞。已经不再寂寞，决不再寂寞了。农闲时期的农民安然的心情，近来我弄明白了。包裹在公公广大无边的爱里，我的心似乎又回到十五六岁的往昔。

这世上，我以为只要有单纯的心，朴素的魂，就足够了。此外，不再需要其他东西。这世上，只需要靠运动自己的身体干活的人，城市里泥沼般的勾心斗角，早晚总会消亡的。我的手出现了水泡。公公表扬我了，说这才是一双真正的人的手掌。我不知道愤怒，也不知道忧郁。至于那些煎熬着我的不幸的记忆，对于丈夫死去的回忆，最近以来不再使我感到苦恼了。在秋日温暖的阳光照耀下，我的心情变得宽容了，对任何事都怀着一种感谢的心情。

想起了S。那女人和我处在同样的境遇，她是我心灵的伴侣。她也失去了丈夫。想起她的不幸，我也得到了安慰。S是个情绪乐观、心灵纯美的真正的寡妇，她迟早总要再嫁的。在这之前，我应该好好同她交谈一次。可是，这里和东京都很难找到见面的机会。她要是写封信来该多好……

“即便第一个字母相同，换成个女人，就谁也不会知道了。S这个名字虽然频繁出现，但没有证据也就无所谓害怕。对于我来说，这是一篇假日记，但是人总不至于老老实实变成一个假人吧？”

她仿照弄虚作假时的真实心境，在心中重新记了一次。

“即便改写，也不能说是我的真心话。”

她辩解着，于是改写道：

九月二十一日（星期三）

痛苦的一天结束了。怎么又能度过这一天呢？连自己都觉得奇怪。去村中发放点领取配给的大酱。听说发放点的孩子患了肺炎，好容易及时用了盘尼西林才得救了。真遗憾！那家的女人背后净说我的坏话，要是孩子死了，我也多少会得到些安慰。

乡间生活需要一颗单纯的心。话虽如此，但杉本家的人都有一颗腐败、柔弱、容易受伤的伪善者的心灵，使得乡间生活变得越发痛苦起来。我也爱单纯的心灵。我以为，单纯的身体所蕴蓄着的单纯的灵魂，才是世界上最美好的东西。然而，一旦站在我的心和这种心深深的间隔面前，还能做些什么呢？努力使铜板的反面和正面达到一致，还有比这更辛苦的事情吗？最简单的办法是把没有孔眼的铜板打个洞。那就是自杀。

我随时将赌上我的身体，这种决心越来越临近了。对方逃跑了。对方逃到了无限广漠的远方去了。接着，我一个人重新留在孤寂之中。

我手上的水泡，那是一场愚蠢的闹剧。

可是，考虑问题不能过于认真，这是悦子的信条。光脚走路，脚就会受伤。如同要走路，就得穿鞋，为了生存下去，就得有一种现成的“信念”。悦子无味地翻着日记，心中想起一个人来。

“我也有幸福。我是幸福的。谁也不能否认。首先，没有证据。”

她朝晦暗的书页下头翻去，雪白的书页在继续，在继续。不一会儿，这本幸福的日记的一年被她翻完了。

杉本家吃饭有个奇怪的习惯：二楼是谦辅夫妻，楼下一角是浅子和孩子们，另一角是弥吉和悦子，女佣房间里是三郎和美代。美代只负责为四组人煮饭，至于菜肴，各组做各组的。四组人分开来用餐。这个奇怪的习惯本来产生于弥吉的自私心理。他每月付给其他两组人生活费，在这个范围内任他们自由支配。

他认为，自己没有理由同他们一起吃粗劣的饭食。良辅死后，他把无依无靠的悦子叫到身边来，只是相中了她会烧一手好菜，不过是出于这种单纯的动机罢了。

收获水果和蔬菜的时候，弥吉为自己留下最上乘的，剩余的分给其他家庭。收栗子时，最好吃的芝栗树结的栗子，只有弥吉一人有权采拾，不许其他家人伸手。不过，悦子也可享受弥吉的一份。

弥吉决心授予悦子如此重大的特权，那时或许已经对她心怀叵测了。

弥吉也许在想，他把最好的芝栗、最好的葡萄、最好的富有柿、最好的草莓和最好的水蜜桃的享用权一并分配给悦子，她不管拿什么作为报偿都是应该的。

悦子匆匆而来，这样的特权成为其他两家嫉妒和艳羡的靶子。这种嫉妒和艳羡忽而转为恶意的猜测了。而且，这种似是而非的流言蜚语，形成一种暗示，以至于要左右弥吉的行动。然而，当事情的进展证明只不过是一种臆测时，连那些散布谣言的人自己也难以相信了。

失去丈夫不到一年的女人，怎么会委身于丈夫的父亲呢？再说，她还年轻，有充分的理由再嫁，这样的女人怎么肯将自己的后半生一举葬送呢？一个跨过六十岁门槛的老人，哪一点能吸引她甘心情愿委身于他呢？虽说是个身似漂萍的女子，但果真像世上流行的说法那样，“有奶便是娘”吗？

种种猜疑和臆测，又在悦子周围筑起一道高高的望风墙。悦子困在这座墙壁之内，倦怠而又忧愁，然而，她毫不避忌人眼，举动极为大度、豁达，就像一只羽毛不整、终日来回走动的鸵鸟。

谦辅和妻子千惠子在楼上的房间里吃晚饭。千惠子因赞同丈夫的犬儒派观点而和他结婚。这位女子共鸣的动机本身就具有一种自我解脱之感，其结果使她即使看到谦辅毫无作为，也对婚后生活不会感到幻灭。这一对早已“起苔儿”的文学青年和文学少女，抱着“世上最愚蠢的行为就是结婚”这一信念而结了婚。尽管如此，如今有时候，两口子会肩并肩坐在凸窗旁边，高声朗读波德莱尔的散文诗。

“老爷子也很可怜，上了年纪还是没完没了地受苦。”谦辅说，“刚才我经过悦子的房门口，她人不在家，却点着电灯。我蹑手蹑脚进去一看，原来是老爷子，他正全神贯注偷看悦子的日记呢。看那份热心，我站在他身后都没有觉察。我叫了一声‘爸爸’，老爷子吓得差点儿跳起来。紧接着，又恢复了威严，两眼直盯着我看。那副可怕的表情，使我想起小时候父亲生起气来满脸怒容，我都不敢瞧他一眼。后来他说，你要是告诉悦子我看了她的日记，就把你们夫妻赶出这个家。”

“公公偷看日记，究竟是什么使他放心不下呢？”

“他大概感到悦子最近有点心神不定吧。不过，老爷子似乎还未注意到悦子喜欢三郎啊。我瞅着呢，这个机灵的女人绝不会在日记里露出马脚的。”

“你说三郎？我不信。不过，我一直佩服你的眼力，就当有这么回事吧。悦子这个人也真叫人搞不懂，她要是该说就说，该干就干，我们也会助她一臂之力，这样她自己也会感到轻松些。”

“嘴里说过却不去实行，那才值得玩味哩。自从悦子来后，老爷子好像变得毫无自尊心了。”

“不，公公变得心灰意冷，是从农地改革以后开始的。”

“这话说得有理。老爷子是佃农的儿子，自己切切实实感觉到成了一个‘土地所有者’。这就像列兵升了军官，耀武扬威起来。

“他创造了这样一条稀奇古怪的处世训：一个没有土地的人要获得土地，不论是谁，都得先在轮船公司干上三十年，然后再升任总经理。老爷子的兴趣，就是尽量将这样的过程装扮得难乎其难。战时的老爷子可威风了，他谈起那些指挥官来，就像谈论昔日炒股赚了大钱的狡猾的朋友。当时还是邮局职员的我，也聆听过他的讲述。老爷子不是工商地主，因此在战后农地改革中，土地蒙受的损失不大。不过，有个佃农叫大仓什么的，他用极为低廉的价格购买了土地，一跃成了地主。这倒给老爷子一个沉重的打击。他想：‘要是这样，我六十年来何必那么辛苦？’自那之后，这话成了老爷子的口头禅。这是因为，坐享其成的家伙越来越多，老爷子就失去存在的理由了。因此，他有时显得情绪低沉。这回，自己作为一名时代的牺牲者，这样的心情使他十分满意。要是在他意志最消沉的时候，下达一道战犯逮捕令，将他解往巢鸦监狱，说不定还会使老爷子返老还童哩！”

“不管怎么说，悦子几乎不受公公的压制，真是幸运。

她这个人有时很悒郁，有时又很开朗，真叫人摸不透。别说三郎了，少爷丧期还未满，她怎么可能成为公公的情妇呢？那是不可理解的事啊。”

“不，她是个非常单纯而脆弱的女子，就像细柳条儿，决不会逆风飘扬。她一味死守贞节，什么时候对象变了，她还没有觉察。她一旦被卷入风沙之中，就会紧紧抓住自己的丈夫不放。她以为是丈夫，其实是另外的男人。”

谦辅是个与不可知论无缘的怀疑派，他对人生具有极为明澈的见解，他以此而感到自豪。

到了夜晚，三家人也是各家过各家的日子。

浅子一直守着孩子，她陪着孩子们及早睡了。

谦辅夫妇也不下楼，透过楼上的玻璃窗，可以看见远处缓缓的山丘，山顶上撒沙子一般布满了府营住宅的灯光。幽暗的海洋般的田圃一直扩展到那里，因此，那一带的灯火也像海岛城市大街的灯火，永远闪耀着庄严而热烈的光芒。那里的城市有着沉静的、宗教般的会合。你既可以想象，那些人一动不动地坐在灯下，沉浸在恍惚和法悦[1]之中；你也可以想象，那种于沉默中经过长时间冷静的思考所精心策划的杀人事件，也在灯下继续完成。虽然明明知道，那里比起这里来，只有更单调、更寒碜的生活。——倘若悦子能够看到府营住宅也有这样众多的灯火，或许不会使她打心眼里感到厌恶吧。这些灯火的集合，看上去犹如发光的羽虫群，猬集

1 犹言听讲佛法而欣喜非常，郁郁乎陶醉其中。

于朽木之上，静静歇息着羽翅。

有时传来阪急电车的汽笛声，响彻夜间田园的每个角落。每当这时候，电车疾驰而过，就像数十只夜鸟冲天而起，发出凶暴、尖厉的鸣叫，急匆匆飞回自己的巢穴。汽笛声震荡着夜气。听到鸣叫，悚然抬头一看，无声的远雷的电光，于夜空湛蓝的一角倏忽一扫，随即消隐。这个季节就是这样。

晚饭后到就寝这段时间，没有任何人到悦子和弥吉的房间里来。

本来，谦辅时常到这里聊天，浅子也带着孩子来过，阖家聚在一起，热热闹闹地度过夜晚。

但是，渐渐地，弥吉的脸色越发露出不悦的神色，于是大家都不再到那里去了。弥吉和悦子两人单独在一起的几个小时，他不愿意别人进去打扰。

虽然这么说，但也不意味着这段时间会干些什么。他们夜里时常下围棋玩。悦子跟弥吉学习下围棋。弥吉向年轻女人夸示棋艺，可以教她下围棋，其他就无从得知了。今晚，两个人又围坐在棋盘旁边。

悦子感受着指尖触及的棋子冷酷的重量，她欣喜之余，不住地在棋盒里揉搓着，一边着魔似的，眼睛紧盯着棋盘不放。乍看起来，她似乎热衷于此道，其实，她只不过是迷恋棋盘上的格子，那一条条黑线整整齐齐、准确无误、毫无意义地互相交合在一起。

在弥吉眼里，悦子究竟热衷于围棋还是别的什么，他有时也拿不准。他只是看到自己面前，坐着一个毫不感到羞涩的、一心沉醉于庸俗与放纵的欢愉中的女子，她有着一副薄薄的嘴唇，以及略显惨白而犀利的牙齿。

她的棋子时时响亮地敲击着棋盘，仿佛要把对方一口吃掉，就像要将袭来的猎犬一棍子打死。每当这种时候，弥吉一边怪讶地偷偷看着儿媳的面色，一边受到启发般地稳稳地落下一子。

“来势好猛呀，就像宫本武藏和佐佐木小次郎在岩流岛的一战啊！”

悦子背后传来脚踏走廊的沉重的足音。那脚步不似女人那般轻盈，也不像中年男子那样沉闷。那是含蕴于青春、热情的足板上的重量。那双脚踩着暗夜里走廊的木板，发出咯吱咯吱的响声，宛若一阵阵呻吟，又像一声声呐喊。

悦子拈起棋子的手指停滞了。更确切地说，她的手指好不容易被棋子支撑住了。她只得不由自主地将震颤的手指紧紧捆绑在棋子上。为此，悦子佯装作长久的考虑，然而这并不是一步难走的棋。

这种不适当的长时间的考虑，切不可引起公公的怀疑啊！障子门打开了，三郎只是露了露脸，悦子听到他跪在地上说：

“晚安！”

“唔。”

弥吉埋头下棋，随即应了一声。悦子注视着他那骨节粗大而老丑的手指，也不搭理三郎，更不肯回头向门口瞧一眼。障子门关上了。脚步声又响起来，随后奔美代房间对面一角朝向西南的三铺席住房而去。

第二章

狗的远吠使乡村的暗夜变得更加凄厉了。后院仓房边拴着一只赛特[1]种老狗玛吉。有时，成群的野狗从连接果树园的疏林里走过。玛吉竖起耳朵倾听，用长久的令人厌烦的远吠诉说自己的孤独。野狗蹚着细竹沙沙作响，停下脚步应和着玛吉。不易入睡的悦子被吵醒了。

好容易睡下才一个多小时。到天亮还需要一段义务性的长久的睡眠。悦子探寻着明天应有的希望，哪怕是极渺小、极平凡的希望也好。没有希望，人就无法生活到明天。留待

1 英国产猎鸟犬。

明日修补的东西，决定明日旅行的车票，瓶里剩下的明日要喝光的一点酒，所有这些，都要为明天做出施舍。然后，才得到允许迎接黎明。悦子拿什么施舍呢？对了，她可以施舍两双袜子，一双深蓝色，一双茶褐色。把这两双袜子送给三郎，对于悦子来说，这就是明天的全部。就像一个信心十足的女人，悦子发现了这种希望所具有的空洞而清净的意味。她挽着这两根绞好的细绳，一根绞成深蓝色，一根绞成茶褐色，坠在不可解的、胖墩墩、黑漆漆犹如灰暗的气球一般的“明天”上，根本不考虑究竟飘向何方。不动脑子，是悦子幸福的根据、生存的理由。

现在，悦子全身依然包裹在弥吉那骨节突起、皮肤干燥的手指顽固的触摸中，一两个小时的睡眠是拂拭不掉的。接受骸骨爱抚的女人，已经无法逃脱这种爱抚了。悦子的全身，仿佛涂上一层目不可视的、较之化蝶的蛹壳还要薄得多的油彩之后，留下的那种干燥、透明、皮肤上假想皮肤的感触，动动身子就能于黑暗之中看到一片裂隙的状态。

悦子用逐渐习惯黑暗的眼睛环顾一下周围。弥吉没有打鼾，微微可以看到他那像剥了毛的鸟一样的颈项。书橱上钟表走动的滴答声，地板下蟋蟀的鸣声，多少为这个夜晚描画出现世的轮廓。不如此，这个夜晚就不再是现世之物了。黑夜君临于悦子头上，就像赶苍蝇一般追赶着悦子，将她置于琼胶似的凝固的恐怖之中而不顾。

悦子艰难地微微抬起头。镶嵌在书橱门扉上的螺钿闪现着蓝光。

她眼皮沉重地闭合在一起。记忆恢复了。仅仅是半年之前，她来到这个家不久，悦子刚刚一个人出外散步，很快就被村里人称作怪人。悦子并不介意，她依然单独散步。她那孕妇式的行走姿态，就是自那个时候开始惹人注目的。见到的人，都认定这个女子一定有着自甘堕落的过去。

从杉本家地段的一角，隔着一条小河，大致可以将整个服部陵园尽收眼底。如果不是春分季节，扫墓的人极少。午后，广大的墓区台地上，一排排数不清的白色墓碑，一一将可爱的阴影印在一侧的土地上。被丘陵森林包裹的富于起伏的墓地景观，显得晴明而又清洁。远远望去，偶尔会有某一座花岗岩墓碑，映着太阳，闪耀着银白的光芒。

悦子尤其喜欢这片墓地上广漠的天空，喜欢贯穿墓地的宽阔的散步道上的寂静。这种银白、晴明的静谧，伴随着草香和发芽的幼树的气息，似乎让她的灵魂比平素更加裸露。

摘野菜的季节。悦子顺着小河岸一边走，一边采摘野菊和笔头菜，装在袖筒里。小河的水从一个地方漫出来，淹没了草地。那里长着芹菜。小河钻过一座桥，横穿过由大阪通向墓地门前水泥大道的终点。悦子绕过陵园入口圆形的草坪，一心奔着散步道走去。她连自己都感到奇怪，自己为什么会有这种闲情逸致。这种闲暇不就像死刑犯缓期执行的闲暇吗？

悦子从练习棒球捕球的孩子身边经过。走了一段，又来到小河岸边的篱笆内。那里有一块尚未建立墓标的草地。悦子刚要坐下来，看见一位少年仰面朝天躺在地面上，将一本书举到脸孔的上空，专心致志地阅读。是三郎！他觉察一个人影罩在脸颊上，敏捷地坐起身子来。

“少奶奶！”

他叫了一声。这时悦子袖兜里的野菊和笔头菜，一股脑儿掉落在他的脸上。

此刻，三郎脸上泛起了一瞬间的表情变化，给了悦子如同解开一个单纯方程式般的清凉而明晰的喜悦。原来，他一开始认为落在他脸上的野菜是悦子跟自己开的玩笑。所以，他故意躲开了身子。接着，他从悦子的表情上觉察这是偶然发生的，不是开玩笑，转瞬间觉得有些对不起，神情变得严肃了。他站了起来，随后又弯腰帮助悦子拾起散落的野菊。

“后来，我这样问他。”悦子回忆着。

“你在干什么？”

“我在读书。”

他红着脸，亮出一本通俗小说来。悦子当时想，他说话似乎是军队里的腔调。不过，他今年才十八岁，不可能当过兵。生在广岛的三郎，为了学习标准话，所以才会有这种腔调。

于是三郎主动坦白说，他到村里去取配给面包，回来的路上偷懒，不巧被少奶奶发现了。他的一番表白，比起辩解来更带有讨好的意味。悦子说，她不会告诉任何人。

她记得，当时还问了他关于广岛原子弹爆炸受害的情景。他说，老家不在广岛市里，没有受到伤害，可是有一家亲戚遭到灭门之灾。说到这里，也就没有话题了。倒是三郎似乎想问悦子一些事，终于没有开口。

“初次见面时三郎看起来，就像二十岁的样子。在陵园的草地上见到他这般模样，我也不记得到底是什么时候了，只觉得刚到春天，他就敞着胸脯，棉织衬衫缀满了补丁，卷着袖子。说不定是害怕露出破破烂烂的袖口吧？他的膀子很粗壮，城里青年不满二十五岁，是不可能有这一副臂膀的。而且，他那被太阳晒黑的、成熟的臂膀，好像对于自身的成熟感到羞愧似的长满了浓密的汗毛。”

悦子不由得用一种责备的目光瞧着他。这副目光不像是悦子的，但她只能这样做。他究竟觉察到什么了呢？看来，他不会的。他只是想到，难以伺候的老爷家里又住进来一个惹麻烦的女子。他的声音！那种略带鼻音的沉郁的孩子般的口气。由于寡言少语的性格，说起话来一个字一个字地向外吐露。他的语调很厚重，就像沉甸甸的质朴的野果……

尽管这样，悦子第二天见到他时，还是不带任何感情地对他瞧了瞧。就是说，她不再是责备的目光了，而是满面微笑。

是的……什么事也没有发生。而且，来这里后过了一个月光景，有一天，弥吉叫悦子给他缝补干农活穿的旧西服和裤子。弥吉急等着穿，所以一直补到三更半夜。凌晨一点，弥吉想该是补好了，便走进悦子的房间。弥吉夸奖她热心，穿上补好的衣服，拿起烟斗，默默抽了一会儿。

“近来睡得好吗？”

弥吉问。

“嗯。这里和东京不同，很安静……”

“说谎。”

弥吉又添了一句。悦子老实地答道：

“说真的，最近正为睡不好觉而苦恼。一定是这里太安静了，过于安静反而不易入睡。”

“这可不行啊，还是不招呼你来为好。”

弥吉这句抱怨话里，含着几分好心做错事的苦味。

悦子下定决心接受弥吉的召唤来米殿村，当时她就预感到会有这样的夜晚。其实，她希冀着这样的夜晚。丈夫去世时，悦子一心想学印度寡妇那样殉死。她所幻想的殉死是很奇特的。不是为丈夫的死而殉死，而是出于对丈夫的嫉妒而殉死。并且，她所希冀的死，不是等同于一般的死，而是一种需要花费时间的缓慢的死。嫉妒心很深的悦子，到底是已经找到一个绝无嫉妒危险的对象呢，还是那种寻找腐肉的阴鸷的欲求背面，正蠢动着活脱脱的独占欲——一种决不带任何目的的贪婪？

丈夫的死，如今依然历历在目。秋令即将结束的一天，停在传染病院后门的灵柩车，工人抬起了灵柩。湿漉漉的地下太平间，混合着线香和霉味以及别的死亡的气息；落满尘埃的白纸制作的莲花，震颤着灰白不洁的阴森的姿影；守灵用的潮湿的铺席；皮革剥脱的运尸床；不断变换着新的牌位的休息室般的佛坛……工人由这样的太平间里抬出灵柩，登上和缓的水泥斜坡。其中一个工人穿着军靴，踩在水泥板上，鞋钉发出刺耳的尖声。通往后门的门扉敞开了。……

当时，阳光犹如怒涛一般汹涌而来，悦子从未感受过这种强烈的、令她激动万分的阳光！

十一月初泛滥的阳光，洒满每个角落的透明的温泉浴场的阳光！传染病院后门面对着被战火焚毁的平坦盆地上的城镇。远处是包裹于中央线枯草地带中的土堤，斜斜地向远方绵延。城镇一半拥塞着木材组建的新房屋和正在建筑中的住宅，另一半依旧是布满野草、瓦砾和垃圾的废墟。十一月的太阳照耀着这座城镇。贯穿其中的明亮的二十米长的道路上，疾驰的自行车车把闪烁着光亮。不仅如此，废墟的垃圾堆里，啤酒瓶的碎片也散发着炫目的光芒。这种光芒，一下子如瀑布一般倾泻在灵柩以及随行的悦子身上。

灵车发动了。悦子从灵柩后面登上放下了帷幔的车厢。

前往火葬场的路上，她所考虑的不再是嫉妒，也不再是死亡。眼下，她只想着向自己袭来的万斛阳光。穿着丧服的膝盖上放着秋令的鲜花，有菊花，有胡枝子，有桔梗，也有因守灵而疲倦的打蔫儿的波斯菊。悦子穿着丧服的膝头，任其沾满黄色的花粉。

沐浴在那种光线里，她感受到了什么呢？是解放？从嫉妒，从众多难眠的夜晚，从丈夫突发的热病，从传染病院，从可怖的深夜的梦呓中，从腐臭，从死亡里的解放？悦子难道依然嫉妒存在于大地之上那强烈的阳光吗？这种伴随着嫉妒的感动，是来自于她唯一的、持之以恒的习癖吗？

解放的感情应该是继续否认解放本身的—— 一种新鲜的否认的感情。瞬间闯出铁栏的狮子，比起野外的狮子具有更加广阔的世界。狮子被捕猎期间，对于它来说只有两种世界，栏内的世界和栏外的世界。它一旦被放出，它吼叫，伤人，吃人。它感到不满。既非栏中亦非栏外的第三世界是不存在的。……然而，悦子的心和这些一概无缘。她的灵魂只知道承认。……

悦子在传染病院后门所沐浴的阳光，只能被认为是无可避免的充溢于这块地面上自然界重大的浪费。对于她来说，还是这种灵车内的薄暗更觉得快慰。丈夫的灵车内，随着车子的晃动，有一种东西哐当哐当不停地响动。莫非是他珍爱的烟斗撞在棺材板上发出的声音？要是包紧以后再放进去就好了。悦子从白色的灵柩盖布外面试着摸摸发出响声的地方。没想到，以为是烟斗的东西似乎立即屏住气，不响了。

悦子掀开帷幔，不久看到庞大的炉子般的建筑和休息室，围绕着一片寂寥的广场。另一半路面上，比这辆灵车早到的其他灵车，减低速度进入广场。这里就是火葬场。

悦子记得当时她是这样想的：

“我不是去烧丈夫，而是去烧嫉妒的。”

但是，烧掉丈夫的尸体，就能烧掉她的嫉妒吗？嫉妒抑或是丈夫传染给自己的病毒。它侵犯肉体，侵犯神经，侵犯骨头。要烧掉嫉妒，自己也只得随着灵柩进入那座炼钢炉般建筑的内部。

发病前，丈夫三天没有回家。他到公司上班去了。良辅不会沉湎于情色而怠工的，只是不愿回到有悦子等着他的家来。悦子每天五次走到附近的公共电话亭旁，但她还是犹豫了。要是向公司打电话，他肯定会接的。他在电话里决不会发火，然而，他那优柔的猫一般撒娇式的辩解，故意使用一些夹杂卷舌音的大阪方言，令人想到他小心翼翼在烟灰缸里捻灭烟头似的辩解，反而会更增加悦子的痛苦。她真希望良辅对她大骂一顿，然而这位彪形大汉似乎刚要开口叫骂，又立即用亲切的语调反复表明，他一定信守他同悦子必将毁弃的约定。悦子再也无话可说了。如果再听到些风声，倒不如不打电话，强忍下去为好。

“在这里很难说明白。昨晚在银座见到一位老朋友，被邀去打麻将。是工商部的官员，这位朋友是不好马虎对待的……什么？今天会回家的。今天一下班马上回去。不过，工作堆积如山呀。准备晚饭？做不做，都没关系……你看着办吧……吃过了也还可以再吃一些嘛……就到这里吧。川路君就在电话机旁，他说对我们羡慕得不得了。哎，知道了，知道了。就这样吧，再见……”

爱面子的良辅，在同事之间装出一副凡庸的幸福相。悦子在等待，继续等待。他没有回家。他回家难得过上一个晚上。悦子何曾责问和埋怨过他？她只是以悲戚的眼神望着丈夫。她那像一只母狗的眼睛，无言的伤感的眼睛，激怒了丈夫。妻子等待着，她的手像乞丐乞讨的手，她的眼睛像乞丐的眼睛。妻子在等待着。这一切，使得良辅觉察到，生活所有的细节皆被剥夺，仅仅露出丑陋的骨骼，他敏感地嗅到了夫妻关系的索寞和恐怖。他将健壮的，更是迟钝的脊背转过去，假装睡着了。夏天的一个夜晚，良辅正在入睡的身体被妻子的嘴唇吻了一下，她的面颊挨了一个耳光。“无耻！”他像说梦话一般嘀咕了一句，一边咂着舌头，一边伸过手来。他像拍打自己身上的蚊子，显得麻木不觉。

从那个夏天开始，丈夫以煽动悦子的嫉妒为乐事。

悦子发现丈夫身上从未见过的领带不断增加。一天早晨，丈夫把妻子叫到穿衣镜面前，让她为自己系领带。悦子带着欣喜和不安，手指不住颤抖，领带没有系好。系完之后，良辅转过身子，不悦地问道：

“怎么样？花色好看吗？”

“哎呀，我没注意，是新的，您买的吗？”

“瞧你那副表情，明明感觉到了。”

“挺合适的呀。”

“当然合适了。”

良辅书桌的抽屉里故意露出一角女人的手帕，上面浸透了廉价的香水。接着，更使人不能容忍的是，这些东西在家里发散着韭菜般的恶臭。悦子把他摆在桌子上的女人的照片，划根火柴一张张烧掉了。她这样做正是丈夫预料中的事。丈夫回来，问照片哪儿去了，悦子一手拿着砒霜片，一手端着盛满水的杯子，站起身来。他从悦子手里打翻了她要吞下的药片。悦子不由自主地倒在镜子上，划破了额头。

当晚，真不知丈夫为何会对她施以如此狂热的爱抚！那是仅仅出于感情冲动的一夜风暴！那张幸福的带有侮辱性的模拟艳照！

悦子决心再次服毒的晚上，丈夫回家了。接着，两天后发病。两周后死亡。

“头疼，头疼得受不了啦！”

良辅说，他站在门口不想进来。悦子认为，丈夫回来是为了打消她服毒的决心，故意折磨她。平时，每当冲着自己发怒的丈夫回家来，她总感到一阵欣喜，今晚一点也没有了。她怀着冷冷的心情，一手扶着拉门，低眉看着坐在昏暗的门边、一动不动的丈夫。悦子感到自己颇为自豪。这本是以死为诱饵逐渐赎回来的自豪，不知何时，死却神不知鬼不觉从心头轻轻飞走了。

“您喝酒了？”

良辅摇摇头，倏忽瞥了妻子一眼。良辅自己没有觉察，这时他那仰望妻子的眼睛里，已经被平素只是以厌恶的目光看着的妻子那母狗般的眼神感染了。那沉滞的充满热切希望的眼神，正是家畜对于自己体内的病情一无所知而感到惶惑，求助般地抬头仰望饲主的眼神。良辅恐怕觉察自己体内出现了难以理解的东西，他感到不安起来。这就是病，但所谓病，又不单单是这种东西。

接着而来的十六天，是悦子最幸福的一个短暂时期。新婚旅行和丈夫的死，同这个短暂的幸福时期何其相似！悦子和丈夫到死的地方去旅行。和新婚旅行一样，这是一次无比激烈的活动，身心交瘁、不知疲劳、永无餍足的欲望和痛楚。因高热而昏迷、胸口裸露着卧在床上的丈夫，被死神灵巧的手所拨弄，像新娘子一般呻吟着。病菌侵犯脑子的最后几天，他突然像做体操似的抬起上半身，他让悦子看干燥的舌头。牙龈出血了，他露出被污血染成土红色的门齿，放声大笑。热海饭店二楼的房间，新婚初夜的翌日早晨，他也是这样狂笑来着。他打开窗户，俯瞰着缓缓起伏的草地。这里住着一家德国人，养着一只灰色大狼狗。一个五六岁的小男孩，正想牵着狼狗散步，这时狗发现灌木荫里走过一只猫，猛地蹿了过去。小男孩忘记松开手里的锁链，一屁股摔在草地上。良辅看了，天真而快活地笑起来。他露出牙齿，毫无顾忌地笑着。悦子从未见过良辅这样开怀大笑。

悦子也穿上拖鞋跑到窗边来。草地上朝阳的光辉，借着精巧的斜坡直接连着海滨的庭院尽头的海色。他们两个下楼走到大厅。柱子的插兜上贴着“自由取阅”的纸条，里头插着形形色色的导游说明书。良辅经过这里时顺手拿了一张，借着等待上早餐的空儿，迅速折叠了一只小飞机。餐桌就在朝向庭院的窗户下边。丈夫叫了声："瞧！"说着便将叠成的纸飞机投向大海……太无聊了。这只不过是良辅特意取悦于娇妻的十八般武艺之一。只不过那时候，良辅是真心想使悦子高兴高兴，他有意逗逗这位新娘子。多么诚实！悦子娘家尚有一笔财产，本是名门望族，只有父亲和女儿两人。这个老式家庭，继承了战国时代名将的血统，保留着历代不变的恒产。战争结束了。父亲死后，扣完财产税，悦子继承了少得惊人的股票……这些都不说了。热海饭店的那个早晨，两个人，确确实实是两个人。良辅的热病再次将两个人置于只有两个人的孤独之中。一种意想不到的悲凉的幸福，再度来到她的身边。她是如何滴水不漏地、贪婪无耻地尽享这种幸福啊！她的看护之中，似乎总有一种使第三者目不忍视的东西。

伤寒病的诊断需要费些时日。长久以来，他一直被认为是患了顽固而奇特的卡他性感冒。持续不断地头疼，失眠，没有食欲……尽管这样，也没有出现伤寒病初期症状的特征——两个方面：阶梯状发热以及体温和脉搏不均衡。起初的两天，感到头疼和全身倦怠，没有发热。回到家里的第二天，良辅向公司请了病假。

这难得的一天，他就像到别人家里玩耍的小孩子，一整天都是靠待在家里收拾东西度过的。一种莫名的不安，产生于热乎乎的倦怠之中。悦子端着咖啡走进良辅六铺席的书斋。他穿着蓝花便服，在榻榻米上躺成个"大"字。他不断地试着咬咬嘴唇，嘴唇没有肿胀，他老觉着肿了。

看到进来的悦子，他说：

“不要咖啡。”

看到她在犹豫，又接着说：

“替我把腰带结子转到前面来，硌得受不了。……自己转很费力。”

良辅很久都不愿意让悦子接触他的身体。即使穿西服上装，他也讨厌妻子过来帮忙。今天，他到底怎么了？悦子把咖啡壶放在桌子上，坐到良辅的身边。

“你干什么？像个女按摩师。”

丈夫说。悦子伸手到他的衣服里边，拉住扎染腰带的粗大结子。良辅也不把身子抬一下，他任其粗大的身躯压在悦子纤细的手臂上。她的腕子疼了。尽管疼，但还是可惜这桩差事仅仅几秒钟就结束了。

“不要这样躺着，去睡觉吧，怎么样？我来铺床好吗？”

“算啦，还是这样舒服。”

“还在发热，好像比刚才升高了？”

“和刚才一样，是正常体温。”

这回，悦子倒是出人意料地敢作敢为了。她把嘴唇贴在丈夫的额头上测试热度。良辅沉默不语，闭着的眼睑里闪动着悒郁的目光。他额头上的皮肤油腻腻的，脏污而又粗糙。是的，不久就会具有伤寒特有的症状：额头失去发汗作用，干燥得像着了火，失去了常态。很快就变成灰黄色的死人的额头。

第二天晚上起，良辅体温急遽上升，热到三十九点八摄氏度。他诉说腰疼，诉说头疼。为了寻找枕头上凉爽的地方，他不停转动着头颅，枕套上沾满了发油和头皮屑。打那夜里起，悦子为他垫了冰枕。只吃一些流食。悦子将榨好的苹果汁装在水壶里给丈夫喝。第二天，医生来查房，说是单纯的感冒。

“就这样，我终于看到丈夫又回到我的身边，我的眼前。我就像看着流到膝前的漂流物一样，弓着腰，仔细审视着水面这块奇异的痛苦的肉体。我就像渔夫的妻子，每天到海边去，孤身一人从早待到晚。我终于在海湾岩石缝沉积的海水里，找到了漂流的尸体。这是一息尚存的肉体。我要立即将这肉体打捞上来吗？不，我不打捞。我只是倾注永无休止的努力和热情，一直弓着腰将他仔细注视。我守望着这个一息尚存的肉体，直到他完全浸在水中，不再呻吟、喊叫、喷出灼热的气流为止。我很清楚，这块漂流物一旦复活过来，肯定会立即舍我而去，乘着海潮逃向无边无际的远方。从此，再也不会回到我的面前来了。

“我的看护有着无目的的热情，可是谁又能知道呢？谁会知道，丈夫临终时我所流下的眼泪，正是我同自己长年累月、身心交瘁而全部付出的热情相离别的泪水呢？”

悦子回忆起送丈夫住院那天的情景。丈夫躺在出租车里，驶往他熟悉的小石川内科博士医院。住院后第三天，照片上的女子到病房来探视，悦子和那个女子激烈地吵了一架。她怎么嗅到这里来了？是从前来探视的公司同事那里听到的？同事不会知道这里的。莫非女人们都有狗一样的嗅觉，一下子闻到病的气味，找到这里来了？又一个女子来了。有个女人一连来了三天。也有另外的女子来。有时女人们碰在一起，互相轻蔑地看对方一眼，飘然而去。悦子不希望他们二人的孤岛受到任何人的侵犯。她往米殿第一次发病危电报，是在他咽气之后。丈夫的病确诊那天，给悦子留下了快乐的记忆。这家医院楼上只有三间病房，走廊尽头开着窗户。从这扇简陋的窗户里可以一眼望尽寂寥的街景。走廊里飘溢着来苏水的气味。悦子喜欢闻这种气味。每当丈夫进入短暂的睡眠时，她总是在走廊上踱来踱去，用力呼吸这种药水味。比起窗外的空气，还是这种消毒药水的气味更合她的心意。这种药水净化疾病和死亡的作用，也许不是死的作用，而是生的作用。这种气味，也许就是生的气味。宛如晨风给鼻腔以愉快的刺激，这种苛烈、残酷的药物的气味啊！

丈夫已经连续十天体温达到四十摄氏度的高烧，他在痛苦地寻找出口。悦子坐在丈夫的肉体旁边。良辅就像即将冲刺的马拉松选手，翕动着鼻翼，直喘粗气。被窝里的他，已经化作一种拼命奔跑的运动物体。悦子呢？悦子在为他加油。

“再坚持一下！再坚持一下！”

良辅吊起眼睛，他的手指想切断缎带。然而，他的指尖只是抓住了毛毯的边缘，这毛毯犹如溽热的干草堆，上面发散着躺卧过的野兽令人窒息的体臭。

早晨来查房的院长，摊开丈夫的胸膛。急促的气喘使得胸腔起伏不停，用手一摸，灼热的皮肤宛如喷泉的热水涌向指头。所谓疾病，不就是一种生的亢奋吗？院长用象牙听诊器压在良辅的胸膛上，这时，泛着黄色的象牙压出的微微发白的斑点，忽然涌现了血液。充血的皮肤上现出不透明的玫瑰色斑点。悦子见了问道：

“这是什么？”

“这个嘛，”院长一副不耐烦的腔调里，却也含有可以理解的职业外的一种亲切，“这叫‘玫瑰疹’……玫瑰花，发疹子的‘疹’。待会儿……”

诊察完毕，他把悦子招到门外，平静地说：

“是伤寒，肠伤寒。验血结果也终于出来了。良辅君是在哪里染上的呢？他说出差期间曾经喝过井水，是这样的吗？不要紧，只要心脏没问题就好。这是略有变形的那种伤寒病。诊断太晚了。今天办手续，明日转到专科医院去吧。这里没有隔离病房的设备。”

院长一边用干瘪的指关节敲着贴有“防火须知”的墙壁，一边稍显腻烦地耐心等待着女子的诉说，这位女子为看护病人疲惫不堪，眼圈发黑。“大夫！拜托您啦。不要申请转院，就留在这里吧。大夫！那个病人动一动就会死的。人命比法律更重要。大夫！请不要送传染病院！请介绍住进大学病院的隔离病房吧！大夫！”院长怀着演绎般的好奇心静待着老一套的哀诉从悦子口中流淌出来。

然而，悦子沉默不语。

“累了吧？”院长问。

“没有。”

悦子用一种通常所形容的“爽朗”的语调回答。

悦子不怕感染（这唯一的一点足以说明她终于没有感染的原因）。她回到丈夫身边的椅子上继续打毛线。冬天临近了，她在为丈夫织毛衣。这个房间上半天很冷，她褪掉一只脚上的草鞋，将穿着白布袜的脚板放在另一只脚的脚背上磨搓着。

“病确诊了吧，是吗？”

良辅喘着气，带着少年说话的语调问了一句。

“嗯。”

悦子走过去，本打算用沾水的湿棉球为他揩拭因发热而变得粗糙、出现一道道裂口的嘴唇。但她没有这样做，而是亲了亲丈夫的脸颊。病人长满胡子的面颊，像海滨的热沙子一般灼烫着悦子的脸庞。

“没关系，悦子一定会治好您的病。不必担心。您要是死了，我也跟您一道死（这样的虚假誓言谁会在意！悦子既不相信证人这个第三者，也不相信神明这个第三者）。不过，这种事绝不会发生。您肯定，肯定会好起来的呀。”

悦子疯狂地吻着丈夫干裂的嘴唇。那嘴唇似地热一般永恒不断地喷发着热气。悦子的嘴唇滋润着丈夫那像带刺的玫瑰一般渗出鲜血的嘴唇。良辅的脸孔在妻子的脸孔下挣扎。

纱布包的把手转动了，房门稍稍打开了。她觉察到这一点，随即抽开了身子。站在门后的护士对悦子使了个眼色，悦子来到走廊上。走廊尽头的窗户旁边，站着一个身穿长裙和毛皮短外套的女子。

是照片里的女人。乍看起来像个混血儿。她的牙齿像假牙一样端丽，鼻孔呈蝶翼形，捧着的一束湿漉漉鲜花，那包着鲜花的玻璃纸，紧贴在绯红的指甲上。这个女人的身段，就像直立着后肢行走的野兽，动作显得很不匀称。估计年纪离四十不远。这个年龄，眼角会像掩藏伏兵一样突然出现鱼尾纹。但乍看起来，只有二十五六岁。

"您好。"

女子说。她的话略带乡音，判断不出是哪里的方言。

在悦子眼里，她就是那种糊涂男人视作神秘而备加珍重的女人。她就是给自己带来痛苦的女子。悦子很难一下子将那种痛苦和这个痛苦的实体联系在一起。悦子的苦楚已经成长为同这个实体无缘的东西（这种说法虽然有些奇妙），如今更具有某种独创性。这女人就是被拔掉的一颗虫牙，再也不疼了。就像伪装的小毛病得到治愈、初次被迫面对真正绝症的病人一般，悦子认为这个女人就是自己痛苦的原因。其实，这种看法仅仅是对自己的一种卑怯的、毫无意义的判断。

女人出示一张写着男人名字的名片，说是代表自己丈夫来探病的。这是良辅公司总经理的名字。悦子说，病房谢绝探视，不能带她进去。那女人听了，眉宇间闪过一丝不快的神情。

“可良辅叫我务必见上一面，瞧瞧他的身体状况。”

“丈夫的身体情况，不允许会见任何人。”

“不管怎样，让我见上一面，回去好对丈夫有个交代。”

“要是您家先生来，可以见面。”

“丈夫能见，为什么我就不行？哪有这样不合乎道理的事？听您的口气，似乎在怀疑什么。”

“说过不能见任何人，是不是要我再说一遍，您才肯罢休？”

“真奇怪，怎么好这样说话呢。您，是夫人？良辅先生的夫人？”

“敢直呼他为良辅的女人，除了我没有第二个。”

“不要再争啦，求求您，让我看他一眼吧。拜托您啦。这点东西拿不出手来，就放在他枕头旁做个装饰吧。”

“谢谢您的好意。”

“夫人，那就让我见见吧。他身体怎么样？用不着担心吧？”

“是生是死谁也不知道。”

此时，悦子的嘲笑激怒了那女子，她再也顾不得体面了，盛气凌人地叫道：

“那么说，好吧，我就随便进去看看了。”

“请，只要您不介意，那就自便吧。”

悦子先行一步，回过头来说。

“您知道我丈夫是什么病？”

“不知道。”

“伤寒病。”

女人站住脚，脸色也变了。

“是伤寒？”

她嘴里嘀咕着。这肯定是个无知的女人，就像一听说肺病就大惊失色的老板娘，嘴里念着“老天保佑，老天保佑”，这女人也会画十字哩。不要脸的骚货！干吗磨磨蹭蹭的？悦子爽快地推开房门，对于这个女子出人意料的反应，她暗暗窃喜。不仅如此，悦子还把丈夫面前的椅子拉得更挨近床边，请那女子坐下。

既然到这种地步，女人只好战战兢兢进入病房。让丈夫看看这个女人害怕的样子，该是多么叫人高兴的事！

女子脱下外套，正犹豫着不知挂在哪里，要是沾上病菌的地方，那有多么危险。交给悦子拿着也一样，悦子肯定伺候病人大小便，看来还是不脱为好。于是，她又重新套在肩膀上了。接着，将椅子拉得很远才坐下来。

悦子将名片上的名字告诉了丈夫，良辅倏忽瞥了女子一眼，一直沉默不语。那女子跷着二郎腿，面色苍白，一言不发。

悦子从女子的身后凝视着丈夫的表情。她像一位护士站在那里，不安使她感到气闷。“要是丈夫，要是丈夫一点都不爱这个女人，那该怎么办？我的痛苦全都白费了。那不等于我和丈夫互相捉迷藏、白白折磨自己吗？那就意味着我过去一直都在唱独角戏啊。不行，我今天一定要从丈夫的眼神里找到对这个女人的爱，否则我活不下去。倘若丈夫对这个女人，还有其他三个被我拒绝的女子，一个都不爱的话……啊！那结果将是何等可怕！”

良辅仰面躺着，在羽绒被里蠕动了一下。羽绒被已经有几分滑落了，良辅挪动一下膝盖，羽绒被就掉到床的这一边来了。女子微微缩了缩膝盖，也不肯伸手拎起来。悦子走过来，重新盖好被子。

数秒钟之间，良辅向女子这里转过头来。悦子忙着照料被子，看不到那边的情况，但凭直觉，她觉察丈夫和那女子交换了眼色。那是蔑视悦子的眼色……一个继续发着高烧的病人……皱着眉，泛着微笑，同那女子眉来眼去。

与其说悦子凭直觉，不如说是她从丈夫蠕动的面颊上看出来的。她觉察到了，从而感到一种普通人以普通的方式所无法理解的放心。

“不过，您会治好的。您向来很坚强，不会输给任何人。”

女子忽然毫无顾忌地说道。

良辅布满胡子的脸上浮现出亲切的笑意（他一次都没有对悦子露出过这种微笑），气喘吁吁地说：

“这个病没有传染给你，真遗憾。你比我更有承受力。”

“哎呀，真是太失礼啦。”

女人第一次冲着悦子笑了。

“我呀，我可有点受不了啦。”

良辅接着说。一阵不祥的沉默。女人突然咯咯地笑了起来。

几秒钟后，女人回去了。

那天晚上，丈夫得了脑症，伤寒菌侵犯了大脑。

楼下候诊室里收音机开得很响，播送着喧嚣的爵士乐。

“受不了啦，这里住着重病号，收音机的声音这么大……”

良辅哭诉自己头痛得厉害，他挣扎着说道。病房的灯光一半被遮住了，为了防止病人晃眼，蒙上了包袱皮儿。悦子站在椅子上，没有叫护士帮忙，自己将细布包袱皮儿系在电灯上。透过薄棉布的灯光，照在良辅的脸上，反而映出草绿色的不健康的阴影。他那布满血丝的眼睛因愤怒而噙满泪水。

“我到下边叫他们关上。”

悦子说罢，将毛衣放下，随即站起身来。她走到门口，听到身后传来可怕的呻吟。

犹如野兽被踩死时的高声的喊叫。悦子猛回头一看，良辅从床上坐起来，两手像婴儿似的抓住羽绒被，目光惶惑地死死盯着房门口。

护士闻声赶来病房，催促悦子帮她一同像收拾折叠椅一样，让良辅的身子躺下来，将他的两只胳膊放进被窝里。病人呻吟着听任摆布。不久，他向周围张望了一番，大声喊道：

“悦子！悦子！”

悦子听到呼唤她的名字。她以为，在他所喊出的众多名字里，唯独这个名字不像是出于良辅自己的心愿，倒像是她本人的意志。换句话说，这是她叫他这样喊的。她顽固地坚信，丈夫只是遵从一种规则喊出这个名字罢了。

“再喊一遍！”

护士报告院长去了，不在病房。悦子按住良辅的身子，苛酷地摇撼着他的胸膛说。于是丈夫喘着粗气，再次喊道：

“悦子！悦子！”

当晚半夜后，良辅莫名其妙地接连喊道：“太黑啦！太黑啦！太黑啦！太黑啦！”他从床上跳下来，打翻了桌子上的药瓶子和水壶，光着脚在满是玻璃碎片的地面上走着，脚上沾满了血。护理工也跑过来，三个男人将他制止住了。

第二天，打了镇静剂的良辅被放在担架上抬上救护车。六十多公斤的身体不算轻。而且，那天一早就下起了雨，悦子打着伞从病区门口一直护送到医院大门。

传染病院。雨雾中，坑坑洼洼的柏油路面投映着天桥的影子。再向前走，那座大煞风景的建筑物逐渐逼近了。这时悦子看到了，她是如何兴奋啊！孤岛的生活，悦子所期望的理想的生活形态开始了。再也不会有人追到这里来了。谁也进不来了。同病菌作战是生活在这里的人们的唯一理由。对于生命无间断的肯定，这种肯定不必避忌人们粗暴无礼的眼目呓语、失禁、便血、呕吐、恶臭……这一切正在展开，所有这些都是每一秒钟对于非正常的无道德的生命的确认这里的空气，正如蔬菜市场商人不断哄抬芹菜的价格，时时刻刻吆喝着："新鲜的，新鲜的。"这里像繁忙的车站，生命的列车出出进进，有的出发，有的到站，有的下客，有的上客。这些负载着传染病这个明确存在形式的运动的群体……在这里，人和病菌的生的价值时常逼近等值。病人和看护者都化为病菌。在这里，生命只是为着被肯定才艰难地存在，所以，恼人的小小欲望没有了。在这里，幸福支配一切。就是说，幸福这个腐败最快的食物，凭借完全不能吃的腐败状态支配一切。

悦子贪婪地生活在这种恶臭和死亡之中。丈夫不断地失禁，住院的第二天发现血便。发生了危险的肠出血。

尽管持续发着高烧，他的身子既不瘦削，也不苍白。坚固而粗劣的病床上，他那光亮而红润的肉体像婴儿一般动来动去。已经没有爆发的能力了。他阴郁地用两手捂住肚子，握起拳头在胸间摩擦。有时笨拙地在鼻孔前张开手指，嗅嗅上面的气味。

悦子呢？她的存在只是一瞥目光，一分凝视。一双眼睛像忘记关闭的窗户，毫无防范地任凭风雨扑打进来。护士们被她这种狂热的看护惊呆了。悦子守在泛着失禁的恶臭的半裸的病人身边，每天只能迷迷糊糊睡一两个小时。即便在这段时间里，她也时常梦见丈夫一边呼喊自己的名字，一边将自己拖入深渊，从而惊醒过来。

医生建议给病人输血，这是最后的办法。医生不露声色地暗示这一手也是没有什么希望的。输血的结果，良辅略微安静些了，他继续昏睡。护士拿来一份账单，悦子来到走廊上。

一个头戴便帽、面色清瘦的少年站在那里等着。见了她，默默摘下帽子行礼。他左耳上边的头发里有一处小斑秃，眼睛略显斜视，鼻肉特别薄。

“你要干什么？”

悦子问道。少年摆弄着帽子，右脚蹭着粗糙的地板画圆圈，没有回答。

“啊，是这个吧？”

悦子拿出账单给他看，少年点点头。

悦子看着接过钱离去的穿着脏污运动服的少年的背影，心想，良辅体内流动的正是这位少年的鲜血。这也无济于事！可以让那些有多余鲜血的男人卖血！叫这样的少年卖血是罪恶。让有多余鲜血的男人？悦子不由得想到病床上的良辅。良辅可以卖掉满是病菌的过剩的血。可以把他的血卖给健康人。这样一来，良辅就能恢复健康，而健康的人们就会生病。这样做，对于都市为传染病院所作的预算也很有效。但是，良辅不能恢复健康。一旦恢复健康，就会重新逃逸，一去不复返了。悦子于梦境之中感到自己正在循着混浊的思绪考虑问题。她突然看到日落，周围变得薄暮暝暝。窗户里浮现出乳白色的阴霾的夕空。悦子倒在走廊上，昏过去了。

是轻度的脑贫血，医院强迫她暂时休息。过了四个小时光景，护士来通知她良辅已濒临死亡。悦子手里拿着氧气罩抵在良辅的嘴唇上，她看到那嘴唇似乎在说些什么。丈夫用听不清楚的声音拼命而又欣快地喋喋不休，他究竟在说些什么呢？

“我尽力支撑着手里的氧气罩，最后，我的手僵硬了，我的肩膀麻痹了。我尖着嗓子喊叫：‘谁来替我一下，快点！’护士大为惊讶地代我拿住了氧气罩。

“说真的，我没有感到太累，我是害怕。丈夫那毫无目标、絮絮叨叨、模糊不清的话语使我害怕。这是我的嫉妒，还是对那种嫉妒的恐惧？我不知道。假如我丧失了理性，我也会这样叫喊的。

“‘快点死吧！快点死吧！’

“其证据是，到了深夜心脏还在继续跳动，不见停止的迹象。两位医生互相咬着耳朵：‘要是这样，说不定有救。’说罢就睡觉去了。这时，我不是用满怀憎恶的目光盯着他们吗？丈夫就是不死，那天夜里，就是我和丈夫进行的一场最后的较量。

“对于那时候的我来说，假如丈夫活过来了，丈夫和我之间不可指望的幸福也就和目前丈夫不可指望的生命几乎同一性质。所以，当这种不可指望的幸福，比不上眼下即将看到的一时的幸福时，那么，丈夫不可指望的生就不如确定无疑的死更容易看到幸福。事到如今，我对丈夫一刻刻坚持下来的生命所寄予的希望，和对于他的死的希望是相同的。然而，丈夫的肉体还继续活着。它将要背叛我。‘也许能闯过这一关。’医生又流露出希望。于是，嫉妒的记忆又席卷而来。我的眼泪倾注在右手怀抱着的良辅的面孔上。而且，我的左手几次想扯下氧气罩。护士坐在椅子上打盹。夜气清冷地流进来。窗外，可以看到新宿车站深夜的信号灯和旋转不停的广告牌上的灯光。汽笛和低沉的车轮声里，夹杂着汽车的喇叭声，尖锐地刺破了大气。我用毛线坎肩围住脖子，抵挡着冷空气。眼下，我拔掉氧气罩也不会有人知道。没有一个人看见。我不相信除了人的眼睛以外的目击者。但是，我不能这样做。我就这样两手替换着擎住氧气罩，坚持到天亮。究竟是各种什么样的力量制约着我，使我下不了手呢？是爱情吗？不，绝对不是。我的爱一门心思盼望他死。是理性吗？那倒也不是。我的理性只确认没有目击者，这就够了。是怯懦吗？也不会。我甚至不怕感染上伤寒菌！至今，我依然弄不清诸种力量到底是什么。

“然而，没有这个必要了。我在黎明前空气最寒冷的时刻明白了。天色发白，随着早晨的到来，本该掩映于灿烂的朝霞之中的云层，依然一个劲儿地使天空变得更加险恶起来。突然，良辅的呼吸急遽地失去了规律，像吃饱了奶的婴儿，猝然转过脸去，像断了线一般脱离了氧气罩。我没有吃惊。我把氧气罩放在枕边，从腰带间掏出手镜。这古老的手镜，是幼小时候母亲的遗物，背面蒙着一层红锦缎。我把手镜靠近丈夫嘴边，镜面上没有雾气，清晰地映出周围长满髭须的嘴唇，好像在诉说着不平。”

……

说起来，悦子之所以应弥吉之邀来到米殿，不就是为了到传染病院去吗？她来这里不就是打算回传染病院吗？

越琢磨越觉得杉本家的空气就像传染病院里的。一种似有若无的灵魂的腐蚀作用，犹如看不见的锁链，紧紧将悦子锁住了。

弥吉到悦子房间里来催促她缝补衣服的那天晚上，好像是四月中旬的时候。

那天晚上直到十点之前，悦子、谦辅夫妇、浅子和两个孩子、三郎以及女佣美代，都集合在八铺席的工作室里，抢时间忙着制作枇杷袋子。平常这项工作每年从四月初起就要着手进行，可是今年竹笋大丰收，大家忙着收竹笋，耽搁了些时日。枇杷长到指头般大小，就必须包上纸袋，否则就会被象虫吸干果汁。为此，要制作几千个纸袋子。大家围在糨糊锅旁，各人膝边堆着一摞旧杂志，比赛看谁糊得快。偶尔瞥见有意义的一页文字，也无暇阅读，必须抓紧时间制作纸袋。

挑灯夜战中的谦辅，他那副难看的脸色很值得一瞧。他一边不住地诉苦，一边糊着纸袋。

“真叫人头疼啊，简直是把人当奴隶。干吗非要这样干？老爷子先睡了，他倒是好心情。别的人都在这里老老实实干着。怎么样，打起精神闹革命吧？叫老爷子提高工钱，否则他更要得寸进尺。我说千惠子，提高一倍怎么样？不过我的工资是零，提高一倍还是一样。

由于只顾说话，大家糊了十个，谦辅才好不容易糊了一两个。这么一来，他之所以满腹的牢骚话，大概因为觉察到在大伙儿面前暴露了自己等于零的生活能力，故意掩饰一番吧？他时常免不了在众人面前出洋相，如今先主动出自己的洋相。他的一番牢骚，在夫妻可以对等吵嘴的光荣中，在实际上对丈夫百般尊敬的千惠子眼里，就是一位犬儒派英雄。她达观地认为，埋怨公公是世上一般女子偏爱丈夫的正常感情，她和丈夫一样，打心眼里百般蔑视公公。这个天才的女子在糊自己一份纸袋的同时，还悄悄伸手帮助丈夫糊他分摊的那份活计。悦子见了，不由得咧着嘴角笑了。

“悦子糊得很快呀。”

浅子说。

“我来报告进展情况。”

谦辅说罢，转着圈数各人已经完成的纸袋。结果悦子第一名，她糊了三百八十个。

浅子对于这类事情无动于衷，三郎和美代现出天真的惊讶的神情。谦辅夫妇看到悦子的能力，稍稍觉得有些惧怕。他们的心事，悦子也很明白。尤其对谦辅来说，这个数字就是生活能力的代名词，对他是个极大的讽刺。于是挖苦道：

“好啦好啦，看来我们这些人，只有悦子可以靠糊纸袋混饭吃了。”

浅子信以为真地问：

“悦子你有过糊信封的经验吧？”

对于这些留恋乡间一点名声、带着阶级偏见的人，悦子一点也不在乎。具有战国时代名将血统的后裔，悦子决不容许这些暴发户的劣根性得逞。她有意给对方一个反击：

“是的，有啊。”

谦辅和千惠子对望了一下。对于举止大方的悦子的出身家世，进行一番详细的考察，就成了当晚枕头边热心的话题。

当时，悦子几乎没有仔细看一眼到场的三郎，甚至连他的神态都记不清了。这也难怪，三郎一言不发地听着房东一家人闲扯，时时露出微笑，一边拼命用笨拙的手指尖糊着纸袋。他一直穿着那件满是补丁的衬衫，上面套着弥吉送他的不合身的旧西装，只有灰黄色的裤子是崭新的。他一味缩着膝盖，低着头坐在黑暗的灯影里。八九年前，杉本家一直用的是白热煤气灯。熟悉过去的人都说，还是那种灯亮。换上电灯以后，由于电力很弱，一百瓦的灯泡只能发出四十瓦的光亮。只能在夜里收听到的收音机，因为天气变化，也完全听不到声音了。对了，也不是真的一点没注意三郎。悦子自己糊着纸袋，不时注视着三郎笨拙的手指。那副粗大、朴讷的手指使得悦子实在为他着急。再看看他旁边，千惠子帮着丈夫糊袋子，悦子漠然觉得帮帮三郎也没有什么奇怪。她正这么想着的时候，坐在三郎身边的美代，完成了自己的那一份，又帮着三郎干活。悦子看了这才放下心来。

“那时候，我放心了。对啦，绝不是出于嫉妒，只是如释重负般地稍稍感到轻松一些。于是，我便极力忍着不再看三郎。这种努力不是故意做出来的。我的沉默，我低首含胸的姿势，还有我的热心，虽然不看三郎，也不知不觉模仿着他的沉默、姿态与热情。”

然而，什么事也没有发生。

十一点了，各人回到自家宿舍。

当天夜里一点钟，弥吉来到悦子房间，她正在缝补衣服。弥吉抽着烟斗问悦子睡得好不好。当时悦子感觉到了什么呢？每天夜晚，老人都对着悦子的寝室支起耳朵。深更半夜，老人的耳朵隔着一道走廊仔细倾听悦子房间里的动静。众人都在酣眠，唯有他像一只孤独的动物。他那屏着呼吸、毫无睡意的两只耳朵，蓦然使得悦子感到亲切起来。老人的耳朵不就像那反复漂洗过的清净而富于睿智的贝壳吗？人的头部最具动物形象的耳朵，对于老人来说是智慧的化身。悦子对于弥吉的一番苦心并不感到有什么丑恶，其原因不就在这里吗？她不正在感受到一种智慧的守望与爱抚吗？

不，不，这样的美名实在有些勉强。弥吉站在悦子的背后，他看着柱子上的日历说：

“哎呀，你也真够懒散的，一周前的还照样挂着。”

悦子略一回头，说：

“哦，对不起。”

“有什么对不起的呢？”

他讨好似的嘀咕着，只听他刺啦刺啦一页页撕纸的声音。这声音断绝了。悦子突然被抱住了肩头，感到一只细竹般冰凉的手臂探入她的胸脯。她的身子略略反抗着，但没有声张。她不是想喊而喊不出来，是她根本没有喊。

悦子在这一瞬间的思绪应该如何解释呢？是单纯的自甘堕落，或贪图安逸？渴极了人连浮着铁锈的脏水都能喝下去，莫非悦子就是如此接受他的吗？没这么回事。悦子谈不上什么饥渴。她天生的性格早就使她无所希求。她是为再次获取传染病院里那种传染病般的可怖的自我满足才来到米殿村的。抑或悦子只不过像溺水的人无意喝了一口海水一样，按照自然规律而咽下去罢了。无可指望的事情，已经失去取舍选择的权限。事到如今，只得一饮而尽，哪怕海水也好……

然而，其后的悦子看不出溺死女人那种苦涩的表情。直到临死的瞬间，她的落水也许不会引起别人的注意。她并不喊叫。这个女人用自己的手捂住了自己的嘴巴。

四月十八日是游山的日子，这地方称赏樱为“游山”。按照这里的习惯，人们全天不工作，一家老少一起到深山里观看樱花。

杉本家除了弥吉和悦子之外，都吃厌了当地一种叫作“笋酱”的碎笋末。本来，收获下来的竹笋储藏在库房里，由佃农大仓装上拖车拉到集市上去卖，分成一等、二等、三等，按等级论价。用拖车运走以后剩下的笋子，在打扫库房时会扫出许多碎末，杉本家的人们，从四月到五月，就得煮上满满一锅笋酱作为饭食。

但是，游山这一天非常讲究。食盒里装满美味佳肴，背着花草席，全家一起到山里去。在村里小学念书的浅子的长女尤其高兴，因为这天学校也放假。

悦子想起来了。小学课本的插图里画着人们在平明的春色里度过这一天。大家都成了这幅明净的插图中的人物，或者担当着这样的角色。

大气中含蕴着某种诚恳的肥料的气息——乡下人亲密的聚会，有着一种肥料的气息。接着便是众多昆虫的飞翔。充斥着甲虫和蜜蜂的振翅声的空气。浸润着日光的辉煌的风。风中翻飞的燕子的腹部。……游山的早晨，家中人人都忙着做准备。悦子调配好五色寿司饭盒，看着浅子的长女在格子窗和通往大门的石板路旁一个人在玩耍。出于母亲的恶俗爱好，女儿穿着一身菜花黄的对襟毛衣。这个八岁的女孩蹲在地上，低着头在看着什么。一看，石板上放着一只冒热气的铁壶，八岁的信子全神贯注地望着在石头和泥土之间蠕动的小动物。

“那里有被热水灌上来的漂浮的一堆蚂蚁。热水溢出洞口，无数的蚂蚁在热水里挣扎。一个八岁的女孩，将剪着短发的头颅深深埋在双膝之间，一声不响地看得入迷。她两手支着面颊，头发滑落到脸上也不向上撩一下。”

悦子看到这番情景，心里感到十分爽快。她望着信子那微微翻卷的灰黄色毛衣里的小小脊背，仿佛凝视着自己某一时期的姿影。从这天开始，悦子稍稍带着母亲的感情，喜欢上这个长相酷似其母的丑陋的八岁小姑娘了。

临出发前，在留谁看家的选定上产生了一点小争执。结果通过了悦子提出的稳妥意见，美代答应留下来。悦子看到自己随便提出的建议顺利地通过，感到甚为惊讶。实际上原因很简单，她的意见得到了弥吉的支持。

他们排成一列纵队，踏上杉本家领地外围通向邻村的小路，这时使悦子再次吃惊的是，全家人无意中附着于身上的可厌的敏感。就像工蚁对别的洞穴的工蚁，蚁王对工蚁，还有工蚁对蚁王，单凭触觉和嗅觉感知对方的敏感的动物性反应。然而这一队人马，不巧排成了这样的顺序：弥吉、悦子、谦辅、千惠子、浅子、信子（五岁的夏雄留在美代身边），最后是背着印花布大包袱的三郎。

一伙人穿过宅第后面的一块土地，这里原是弥吉战前栽种葡萄、战后又放弃栽培的果园。三百坪的面积，其中一百坪左右是低矮的花朵旺盛的桃园。剩下的有三间东倒西歪的温室，被台风几乎全部摧毁了玻璃。还有腐朽的储满雨水的油桶，野生葡萄疯长的蔓子……以及照射在草堆上的阳光。

“荒成这副样子啦，下回有了钱再整治吧。”

弥吉用粗大的藤子手杖顶着柱子说道。

“爸爸经常这么说，恐怕这温室永远都将荒废下去。”

谦辅说。

“你是说永远都不会有钱，对吗？”

“那倒不是。”谦辅稍稍提高了嗓门，响亮地说，“进入爸爸腰包里的钱，用在修理温室上，总是不是过多就是过少。”

“说得不错。你的意思是说，给你的零花钱，不是太多就是太少，对吗？”

说着说着，大家到达了山丘顶端的松林，其中混杂着四五棵山樱。这一带由于没有一排排生长着的名贵的樱树，赏花时只能将草席摊开在山樱树下。各处樱花树荫早已被先到的乡下游客占领了，他们看见弥吉一行，亲切地打着招呼。但是，不像往昔那般让出空席了。

谦辅和千惠子不住窃窃私语，两口子在说农民们的坏话。在弥吉的吩咐下，花草席铺在可以一览无余看到樱花的山坡角落上。一位热心的农民——这个五十上下的男子，穿着发放物资时领取的格子西服，打着粉红的领带——捧着酒壶和酒杯，特地赶来献上一杯浊酒。谦辅平静地接过酒杯，喝了下去。

“为什么这样？要是我才不喝呢。”悦子当时看着谦辅，傻傻地思索着。她在考虑这个不值得那样费脑筋的问题——“谦辅哥他为何要接下那杯酒？他不是老在说人家的坏话吗？他要是真的想喝上一杯浊酒，接过来倒也没有什么奇怪。但看样子，他明明不愿意喝浊酒呀。他看到对方不知道他在说自己的坏话才前来敬酒的，所以便高高兴兴喝下去了。这种喜悦实在卑鄙下流，不知廉耻。这是嘲讽般的喜悦，心里暗自窃笑的喜悦。竟然有为着起这样的作用而出生的人！上帝啊，您怎么专爱干这种徒劳无益的事情呢？”

随后，千惠子接过了杯子。唯一的理由是丈夫喝了她也喝。悦子拒绝了，这又为她“偏执的女人”这一诨号增添了一条理由。

这天全家的团圆，使人感受到有一种曲意固守秩序的气氛。说真的，悦子也不是从头到尾板起面孔对待一切的。弥吉有着一副无表情的欢乐心境，在他身旁的自己也是一副毫无表情的样子。这种两个物体似的无表情的关系，使她感到满意。还有，她对三郎那副因不爱说话而无人搭理的无聊的样子也很满意。她对谦辅夫妇自作聪明的做派很是反感，而对浅子这位反应迟钝的母亲很满意。这些秩序不是别人，正是悦子一手造就的。

信子采了一朵野花跑来依偎在悦子的膝头，她问婶娘是什么花。悦子不知道花名，于是问三郎。

三郎对花瞥了一眼，立即还给了悦子，回答说：

“哦，这叫群雀花。”

他迅疾地将花朵递了回来。悦子与其说对花名感到奇怪，不如说对他令人目眩的手的速度感到惊讶。听觉敏锐的千惠子看到两人一来一往，说道：

“这个人看模样好像一无所知，其实他什么都知道。唱个天理教的歌给大伙儿听听吧。我真佩服他的好记性。”

三郎红着脸低头不语。

“怎么样？试试看。有什么难为情的？唱唱看。”

千惠子说着，递给他一个煮鸡蛋。

“这个给你，快唱吧。”

三郎倏忽看了看夹在千惠子戴着廉价钻戒的手指之间的鸡蛋，他小狗似的黝黑的眼睛里，闪动着锐利的光亮。他说：

“鸡蛋不要，我唱就是了。”

接着，他憨直地笑了笑。

“什么‘万世只一列’，对吧？”

“下边是‘相望……’”

他又恢复了认真的表情，目光遥望尽收眼底的邻村，像背诵诏书似的朗声念起来。邻村是一块小小的盆地。战时，陆军航空队的根据地就在那里。将士们从倔强而隐蔽的营房来到萤池机场站岗。那里的小河旁有樱花，还有一座小学校，校园小巧，也有樱花。可以看到沙地上有两三个小孩在玩单杠，望过去就像随风滚动的小线团子。

三郎背诵的歌词是：

万世只一列，
相望尽不知。
问而无作答，
不知亦不疑。
此番神仙至，
且听说委细。
……

“这首歌战时是被禁止的，‘万世只一列，相望尽不知。’其中也包括天子在内。这是合乎逻辑的，因此遭到情报局禁止。”

弥吉显露出他很有学问。

……

游山这天，什么事也没有发生。

此后过了一周，三郎像往年一样休了三天假，到天理市去参加四月二十六日的大盛典。他先到家乡教堂集训地同母亲会合，然后参谒教祖圣殿。悦子还没有去过天理。这座圣殿是靠着全国信徒的捐资和称作“桧木新”义务劳动建造的。这座壮丽的宫殿中心有名叫甘露台的台子。据说在世界末日这一天，会天降甘露。冬天这座台子上，从天窗似的顶棚随风飘进来几片雪花。“桧木新”，这个词有着新鲜的木香，传递着光明的信仰和劳动的喜悦。听说一些不能干活的老者也加入进来，用手巾包着泥土运去……

“这些都无关紧要。三天里三郎不在，他的不在所带来的感情，对于我来说，这才真是新的感情。仿佛一个园艺家将自己精心栽种出来的又大又红的桃子放在手心里掂量一番似的，我也要将他的不在放在手心里掂量掂量。若问他三天不在不觉得寂寞吗？不，我决不寂寞。他的不在对于我来说，好比一件充实、新鲜而厚重的东西。这就是喜悦。我在家里随处都能发现他的不在，院子、工作室、厨房和他的寝室。”

他的寝室的凸窗晾晒着被子，粗糙的蓝色薄棉布被子。悦子到后面田里摘小松菜，准备晚饭做芝麻凉拌菜。三郎的屋子朝向西北，午后能晒到太阳，阳光一直照到里头破旧的隔扇上。当时，悦子并没有停住脚步向屋内瞅一眼……一种飘逸于夕阳中的淡淡的气味吸引了她，就像是躺着晒太阳的小动物身上散发的气味。她很自然地走到棉被旁边，在那有几分磨破的结实的棉布所发出的皮子般的气味和光泽中待了一会儿。她试着用手指摸了摸，就像抚摩珍爱的动物。手指感应着里头棉花被晒得蓬松而温暖的弹力。悦子离开那里，沿着通向后面田野掩映于椎树荫里的石阶，脚步姗姗地走下来。

于是，悦子渐渐再次堕入等得好烦人的睡梦之中。

第三章

燕巢已经空了，悦子记得昨天明明还有燕子来的。

楼上谦辅夫妇的房间朝东朝南开着窗户。整个夏天的日子里，门口的庇檐下住着一窝燕子，透过东窗，可以窥见它们熟悉的身影。

悦了到谦辅的房间还书，她倚在窗户栏杆时发现了这个情况，说道：

“燕子已经飞走了。”

“不过，今天我倒是望见大阪城了，夏天里空气混浊，看不到那里。”

谦辅合上正在躺着阅读的书本，敞开朝南的窗户，指着东南地平线上的天空说。

从这里望过去，大阪城确实不像是建在地面上，而是浮在空中，飘飘荡荡。空气清澄，城的精神脱离城的实体，伸展着手臂，高高俯视着四方，远远望去，仿佛可以看到城的姿影。大阪城的天守阁，在悦子眼里如虚幻的鸟影，无数次欺骗了一个漂泊者的眼睛。

“那里面没有住人吧？说不定那座埋在尘埃中的天守阁里有人居住哩。”

没有住一个人这一断定，终于使她放下心来。就连那远方古老的天守阁住没住人都要引起如此的揣摩和臆测，这是一种不幸的想象力啊！这种想象力时刻威胁着她什么也不想的幸福的根基。

“在想什么呢，悦子？良辅还是……”

坐在凸窗旁的谦辅发话了。这声音决不像平时那种声音不知哪里听起来酷似良辅，被突然一击的悦子说了实话。

“刚才我在想，那座城会不会住人呢。”

她那含而不露的微笑激起了谦辅对她的讥刺：

“悦子依然喜欢人哪！人，人，人。你确实很健全啊！你的健全的精神，为我们这些人所不及。但还需对自己更真诚些，这是我的看法。这样说来……”

很迟才吃完早饭，千惠子到井边洗刷碗碟，她端着餐巾盖着的餐具托盘，沿着楼梯上来了。她的中指吊着一个小包，尚未放下托盘，先把那小包丢在靠着窗边的谦辅的膝盖上。

“刚来的。”

“哦，是急等着的药。”

打开一看，是一只标着英文字母的小瓶子，美国制的治疗哮喘的特效药，是大阪某贸易公司的一位朋友买了邮寄来的。这药拖了好久都没有收到，谦辅昨天还一直在说他的坏话呢。

悦子正要离开，千惠子说道：

“哎呀，我刚回来你就要走，出了什么事啦？”

她虽然这么说，但悦子已经觉察，再待下去会有什么样的话题。谦辅这对夫妇有着可厌的人间特有的病态的亲切之心。爱管闲事和强加于人的亲切……乡下人这两种特性，不觉之间装扮成高级的状态，侵犯了谦辅夫妇。亦即模拟成了批评和规劝这两种高级状态。

“瞧你胡扯些什么呀！我在忠告悦子来着，悦子她正要逃开呢。”

“不要再辩白了……不过我也要劝说悦子几句，我绝对不是偏袒悦子，说是鼓动也许更接近些。”

“干吧，大胆地干吧！”

这种新婚夫妇般的应酬在别人听来十分可厌。谦辅和千惠子生长在寂寞的乡间，日日夜夜上演着这种没有一个观众的新婚家庭剧。他们各自担当着熟悉的角色，成功地上演拿手好戏，反反复复，乐此不疲。他们毫不怀疑自己这个角色。恐怕活到八十也还会继续被称作鸳鸯夫妻吧？悦子不再理睬，她背向这对夫妻下了楼梯。

“还是要走吗？”

“嗯，我要带玛吉散步去，回头我再来。”

“你是个有着钢铁般意志的人啊！”

千惠子说。

农闲期的一天上午，这个离收获还有一段时间的季节性休假是很安静的。弥吉去修整梨园。浅子时而背着夏雄，时而放下让他自己走，她和放“秋分”假的信子一同去村中配给所领取婴儿用的计划物资。美代自由自在地逐一打扫着各个房间。悦子解开了拴在厨房门口树荫下的玛吉的锁链。

她沿着箕面大道走着，绕个弯到邻村去看看吗？听说昭和十年的时候，有一次弥吉一个人走夜路，一只狐狸来到公路上，跟在他后头……但是这要足足花上两个小时。去墓地？那里太近了。

玛吉的锁链跃动着，时时在她的掌心里震颤。悦子任玛吉行走。进入栗树林，秋蝉啼鸣。日影点点落下来。腐烂的树叶下边已经可以看到草蘑菇了。弥吉将这里的草蘑菇一概归他和悦子所专有。有一次，信子无意之中来到这里采了些玩玩，还遭他打了一顿。

农闲时期每一天强制性的休息，给悦子心里带来了沉重的压力，仿佛一个毫无症状的病人被强制休养一样。夜里睡不着觉。这一段时间，她如何生活才好呢？为了熬过现在的日子，每一天太长久、太单调了。如果反刍过去，那痛苦必将危及一切。这种飘浮于风景和季节之上的休假的迷惘，悦子只能用不再具有休假的毕业生的眼光来看待了。但是，她不光是这样。悦子从学生时代起就讨厌暑假。暑假简直就是一种义务，必须自己走路，自己开门，自己投向户外的阳光。对于这位从小未自己穿过袜子、穿过衣服的女学生来说，还是每天硬性地上学使她感到心性陶然。尽管如此，为了做一名都市风的倦怠的俘虏，农闲时期具有多么冷酷无情的光明啊！一种激情怂恿着悦子。她自身时常感到一种义务性的压抑的饥渴，这是一个醉汉一心巴望喝水又害怕呕吐的饥渴。

这些感情的元素，也存在于吹拂着栗树林的风里。这风已经失去台风的狂烈，如今正平心静气掠过树下的叶子，其中似乎含有诱惑者那样的动作。佃农家里传来斧头劈木柴的声响。再有一两个月，就要开始烧木炭了。树林外面，大仓每年都要为杉本家埋下烧木炭的小炭窑。

玛吉拽着悦子在树林里到处转悠。她那孕妇般的忧郁的脚步，不由自主地变为充满活力的脚步。她穿着随身的和服，害怕被树桩划破，稍稍挽起衣裾奔跑着。

狗气喘咻咻地到处嗅着，急促的呼吸使得肋骨一起一伏。林子里鼓起一个土堆，似乎是鼹鼠的旧巢，狗和悦子一起注视着。这时，她闻到了些微的汗味儿。三郎站在那里！狗攀上他的肩膀，舔着他的面颊。

三郎一边笑着，一边用没有拿铁锹的另一只手，想将玛吉从肩头扒拉下来。那狗缠着他不肯离开。“少奶奶，请拽一拽链子。”

他说道。悦子好容易才回过神来，拉紧了链子。

这精神恍惚的瞬间，她看到了些什么呢？她看到当他扒拉狗的时候，左肩上的铁锹随着摆动的身体在空中跳跃的动作；看到了沾着半干半湿泥土的蓝色的锹刃，在树叶间的太阳底下跳跃的动作。“危险！说不定那锹刃会落在我的头上！”

在这明确的危险的意识中，她反而出奇地心性安然，身子一动不动。

“你到哪儿刨地去了？”

悦子问道。看她伫立不动，三郎也不好迈步。假如两个人边说话边往回走，楼上的千惠子一定能看到他们；要是再向前走，三郎还得折返回去，不如站在原处说话更好。这是悦子急中生智的结果。

“茄子园，收完茄子要马上翻地。”

“明年开春以后再翻不好吗？”

“嗯。不过，眼下闲着没事。”

“你不干活就受不了吗？”

“是的。”

悦子注视着三郎黧黑的柔软的脖颈，喜欢他那不拿铁锹就无法消耗的体内过剩的能量。还有，这个感受力缺乏的青年和她一样，将农闲时期看作一种精神上的包袱。她对他这一点很满意。

她蓦然注视着他那光脚穿着的破球鞋上。

“事到如今，我又为送不送袜子给他而犹豫不决。这要是被那些说我坏话的人知道了，指不定会怎么猜想呢。村里人都说我是个不正经的女子，可有的人比我放荡好几倍，却装作一副假正经的样子。我为何会这样前怕狼后怕虎呢？我什么也不指望。我会感受到，在我闭上眼睛时世界将在某个早晨发生变化。那样的早晨，那样纯洁的早晨逐渐就要来临了，这也很好嘛。那样的早晨不属于任何人，也不因任何人的希望而到来。我不希望，而且我的行为也不希望，但我梦想着彻底背叛我的瞬间的到来。我的行为本是微不足道、毫不显眼的。

“是的，对于昨夜的我来说，只要想想送给三郎两双袜子，就足够欣慰的了。现在不同了。送袜子给他又能怎么样呢？他或许笑笑，略显激动地道一声‘谢谢’，然后转过身子若无其事地走开吧。这是很明显的。我真是太可怜了。

“二者必择其一，面对这个痛苦的选择，我苦苦思索了好几个月，这些又有谁会知道呢？从四月下旬天理教春季大典开始，五月、六月——漫长的梅雨，七月、八月——酷烈的夏季，接着是九月……不知为何，我又想品尝一下丈夫临死时那种可怖而剧烈的感受。只有那才是幸福的。”

于是，悦子的思绪为之一转。

“尽管如此，我还是幸福的。如今，谁都无权否定我的幸福。”

她讳莫如深地从袖兜里掏出两双袜子来。

“这个，给！昨天在阪急专为你买的。”

三郎瞬间怪讶地回头看了看悦子的神情，说是“怪讶”，不过是悦子的臆测，他的目光只是含着单纯的询问，没有一丝疑虑。他不明白，这位平时颇有几分冷漠的年长女子，为何突然要送袜子给他。他觉得这样长久地沉默下去是不礼貌的，于是微笑着，将沾满泥土的手在屁股上蹭了一下，接过袜子。

“实在感谢您啦。”

他说着，球鞋脚跟靠着脚跟敬了个礼。他敬礼时有个习惯，总是很自然地把脚跟紧靠在一起。

“不要告诉任何人是我送的。”

悦子吩咐道。

“是。”

他回答。然后把新袜子胡乱塞进裤兜走了。

就这样，什么事也没有发生。

打从昨晚上起，悦子一直期待着的就是这么点芝麻大的事情吗？不，不是。对她来说，这件小事就像举行典礼一样，是经过精心计划、周密布置和意料之中的事。以这件小事为起点，她心里将会发生一些变化。云彩从天空飞过，田野就会罩上阴翳，风景也为之大变。乍看起来，人生似乎也存在这种变化——只要稍稍改变一下看问题的方法，人生就会是另一种风景。悦子一味傲慢地相信，即使深居不出，这样的变化也可能发生。总之，这种变化只有人的眼睛变成野猪的眼睛才能实现。她还不敢肯定下来。我们人类只要还有眼睛，不管如何改变看法，都会得出同一种答案。

接着而来的一天，是格外繁忙的一天，奇妙的一天。

悦子穿过栗树林，走到草木森森的小河堤上，旁边有一座木桥，通向杉本住宅的大门口。小河对岸是竹林。这条小河遇到沿陵园而来的细流，立即汇合成为水渠，来个急转弯，向西北广阔的稻田流去。

玛吉望着河面狂吠。孩子们在水里用网捕鲫鱼，玛吉是冲着他们叫的。孩子们异口同声一齐议论这条赛特种老狗如何如何坏。他们虽然一时看不到牵狗链子的人，却推测出是那个年轻的寡妇，于是学着大人们背地里叫骂起来。悦子一出现在河堤上，孩子们就挥舞着鱼篮，急急朝对岸河堤上奔跑，然后一头钻进阳光绚烂的竹林。明亮的竹林里竹叶颇有意味地姗姗晃动起来，他们或许都躲藏在那里了吧。

这时，竹林对面响起自行车的铃声。不一会儿，邮差下了自行车，用手推着车子从木桥上走过来。这位四十五六岁的邮差有个毛病——爱占小便宜，大伙儿对他很反感。

悦子来到桥边接过电报，邮差说，如果没带印章，就签个字吧。这一带乡下，“签字”等一般的英语词总是都会说的。她掏出一支细细的铅笔形的圆珠笔来，邮差两眼贼溜溜地盯着圆珠笔瞧。

“这叫什么笔？”

“圆珠笔，很便宜呀。”

“挺别致的，让我瞧瞧。”

他一味赞不绝口，心里很想要，悦子毫不可惜地送给了他，拿着弥吉的电报登上了石阶。她觉得好笑，给三郎袜子是那样困难，给爱占便宜的邮差圆珠笔又是这样容易。“本来嘛，如果没有爱，人与人就容易交往。连爱都没有……”

杉本家的电话已经连同贝希斯坦钢琴[1]一齐卖掉了。电报代替了电话，大阪方面有不很紧急的事情也都打电报来。杉本家的人们，对于深夜里来电报也安之若素。

打开电报一看，弥吉喜形于色。发报人宫原启作是国务大臣，弥吉的后辈，他下一届的关西轮船公司总经理，战后进入政界。电文中说：此次他为了竞选，游说四方，正在前往九州的路上。他以半日闲暇，于傍晚利用三四十分钟前来拜访弥吉……来访的日子就是今天，这使弥吉很感意外。

碰巧这天弥吉的房里来了一位农业工会的干部。这位客人大热天套着一件又长又大的便服，前来查验出售公粮[2]

---

1 德国生产的世界顶级钢琴。

2 原文作“供出”，保有农田的农户按规定需将一定数量的农产品卖给国家。

的情况。青年团选出的上一任干部，因为太腐败，今年夏天重新改选，这位来客就是新选的工会干部之一。他的工作就是专门前来听取旧地主们的意见的。这地方是保守党的地盘，他相信这种处世术在当世最合乎时尚。

他看到弥吉读了电报，脸色越发高兴起来，就问弥吉有些什么好消息。弥吉本不想把这件喜事告诉别人，所以一时犯起了踌躇。但是他又不得不说明白。不必要的克己有害于老年人的健康。

“国务大臣宫原君打来的，他要到这里来。因为是非正式访问，所以请不要向村里任何人泄露。他是来修养身心的，要是给他添乱，那我就太对不住他啦。宫原君是我高中的低年级同学，比我晚两年进入关西轮船公司。”

客厅里的两张沙发很久没有人坐了，闲置着的十一把椅子犹如等得不耐烦的女子，那白色麻布外套上浮泛着无法挽回的感情的枯竭。可是，悦子一来到这座屋子，就莫名地感到心性恬然。晴天的日子，悦子负责早上九点来这里打开窗户。这样一来，上午的阳光一下子射进朝东的窗户，这个季节，可以一直照到弥吉青铜胸像上的脸颊部分。悦子来米殿后不久，一天早晨她一开窗就吓了一跳，原来插在花瓶里的菜花上聚集着众多的蝴蝶，仿佛都在屏住呼吸静等这一瞬间似的，随着窗户被打开，哄然而起，一同冲向窗外，翩翩飞去。悦子和美代一起认真地掸灰、打蜡，拂去极乐鸟标本玻璃箱上的尘埃。但渗进家具和柱子上的霉味已经揩拭不掉了。

“这股霉味怎么办呢？”

悦子一边用抹布揩抹着胸像，一边打量着周围说。美代没有回答。这位半睡半醒的乡下姑娘站在椅子上，毫无表情地掸着匾额。

“霉味真大呀！”

悦子又一次清清楚楚地自言自语道。美代站在椅子上朝她望了望，说：

“是的，这股霉味实在大！”

悦子生气了。她边生气边思索，三郎和美代都有这种粗鄙的应对上的麻木感，可为何三郎能博得自己的欢心，而美代却惹得自己生气呢？不为别的，只因美代和三郎，比起自己和三郎显得更相像，所以才会惹悦子生气。

悦子想到，晚上弥吉或许会大大方方请大臣坐在椅子上吧，所以她先坐在上面试试看。于是，在她那副表情里，也和大臣一样，昂扬的表情里带着几分怜悯，环顾一下这位被社会遗忘的前辈的客厅。这位一分一秒都可以拿去拍卖的大臣，到时将会把自己一天里的几十分钟作为来访的唯一礼物，郑重其事地交到主人手里。

“这样就可以了，不必做什么准备。”

弥吉阴沉的面孔暗藏喜色，他反复叮嘱着悦子。仿佛使人觉得，这位高官要人的来访，说不定会给弥吉带来意想不到的东山再起的良机。

“怎么样，请您再度出山好吗？战后那些不知天高地厚的新人飞扬跋扈的时代过去啦，无论是政界还是实业界，经验丰富的老前辈重返舞台的时代到来了。”

听到如此一番话，弥吉的嘲骂——戴着自卑面具的嘲骂，立即长出翅膀，大放光彩。

“我这个人已经不行啦，如此老朽起不了什么作用了。即便干些庄稼活儿，也被人说成是年老瞎逞能。要说我能干的，只是摆弄摆弄花草什么的。但我不后悔，我很知足。当着您的面我不知道该说不该说，我感到这个时代，浮在时代的表面上是最危险不过的了，总有一天会翻船。您说是吧？这是个一切都只有假象的社会。如果说和平是假象，不景气也是假象。战争是假象，繁荣也是假象。众多的人都在这个假象的世界里生生死死。因为是人，自然就会有生有死，这是当然的道理。但是，在这个假象的世界里，却找不到一件值得豁出性命的事情，不是吗？向‘假象’玩命，那太滑稽啦。我这种人，不豁出性命就没法工作。不，我也不尽然，也不是非玩命就不能真正地工作。我是这样想的。目前活跃在当今世界上的人们，没有值得玩命的工作可做，但又非工作下去不可，应该说这是很可怜的。嗨，就是这么回事……不说这些，我老啦，日子不多了。就权当是逞能，唱高调。您可不要生气啊！我老朽啦，是豆腐渣，是酒糟，只能用来调酱汤了。再叫我上锅蒸馏出二道酒来，那简直是杀生害命啊！”

弥吉送给大臣的一点贿赂，名曰“悠然自得”，意思是让他觉悟到“名与利皆徒然”。这笔贿赂将会获得什么样的收益呢？那就是对弥吉归隐不出世赋予很高的社会评价，为他这个慨叹世俗的老鹰那副隐秘的利爪开出一笔大价钱来！

朝饮木兰之坠露兮，
夕餐秋菊之落英。

客厅的匾额上是弥吉亲自书写的一联，这是他所喜爱的《离骚》里的句子。一代富豪具有如此的志趣，实在是不容易的事；如果说只是某种天生的偏执孕育了他的这一趣味观，那么这种佃农式的偏执依然可以使弥吉的野心及时刹车。出身优裕的人很少能达到如此风流。

杉本一家十分繁忙，一直干到下午。弥吉一再声称迎客不必如此，但谁都清楚，要是照他的话去做必然会惹他不高兴。谦辅一个人悄悄躲在楼上逃避劳役。悦子和千惠子手脚麻利地准备好了秋分时节的糯米团子饭盒，并着手做晚餐，以备不时之需，甚至连秘书和司机的一份也都有了。大仓的老婆也被叫来帮助杀鸡，她穿着碎白花的夏装走向鸡舍，浅子的两个孩子好奇地跟在她后头。

“不行，平时我不是说过吗？杀鸡时不准跟去看！”

后院传来浅子的呼唤。

既不会做菜，又不会裁剪的浅子，却自以为具有对孩子实施小市民教育的本事。她一看信子从大仓女儿手里借来红皮的漫画就大发雷霆，并且抢走漫画，换成一本英语的《看图识字》。信子用蜡笔将公主的脸涂成蓝色，以图报复。

悦子从碗橱里拿出春庆漆的饭盘，一枚一枚地揩拭，一边微微颤抖地等待着鸡被绞杀时的叫喊。她向饭盘里呵口气以后再擦。饴糖色的漆面从蒙着水雾的边缘渐次亮起来，映着悦子的容颜。在这种不安的反复之中，她想象着那只鸡在库房里被绞杀的情景。

库房连接着厨房的后门口。长着罗圈腿的大仓老婆，拎着鸡走进库房。午后的太阳照亮了库房内的一半，为此，黑暗的部分变得越发黑暗，粗笨的铁片的闪光描画出的轮廓，显示着屋角里有几把铁锹和锄头。墙边靠着两三扇锈蚀的挡雨板。有畚箕，还有给柿子树喷洒硫酸铜杀虫剂的喷雾器。那女子坐在小小的枥木凳上，两膝像粗大的树瘤，紧紧夹住挣扎的鸡翅膀。这时，她才发现库房门口站着小孩子，一直看着她的一举一动。

“不行呀，小姑娘，要挨妈妈骂的。快到那边去吧，小孩子不能看。”

鸡在号叫，听到叫声，鸡舍里的鸡群骚动起来。

信子和手里牵着的幼小的夏雄，在逆光中只闪现着眼睛的光亮，姐弟俩站在那里一动不动，屏着呼吸，目不转睛地看着。只见大仓老婆整个身子俯伏在拼死挣扎的鸡上面，颇为费力地将两手伸向鸡的脖子。

悦子不久就听到混乱的、迫不及待的、声嘶力竭的、垂死而酷烈的鸡的惨叫。

弥吉极力掩饰着客人不来的焦躁，故意装出一副从未引领而望的样子，总算挨到了四点钟。等到院子里枫树的树荫渐渐加浓时，不安的表情才开始率直地显现出来。不知不觉，烟也抽得多了。接着，他便急匆匆到梨园干活去了。

为着他，悦子走到墓地门前公路的终点，看看有没有向杉本家开来的高级轿车。她倚在桥栏上，眺望着向远方缓缓蜿蜒而去的公路。

铺设到这里尚未完成的公路，即将收获的丰穰的田圃，排排而立的玉米地，林荫里杂草丛生的小池沼，阪急电车线，乡村道路，小河……还有那一条条纵横其间、目所能及、四通八达的公路，悦子从这里远望过去，只觉得一派茫然。她想象着有一辆高级轿车，开到自己的身边停住了。这种想象超过了空想，奇迹般地越来越近了。悦子问孩子们，他们说中午时分，曾有两三辆汽车停在这里，可是现在看不到了。

“对了，今天是秋分，可不知为什么，一大早准备好的糯米团子，怕眼尖的孩子们糟蹋，装进食盒藏到碗橱里了。因为太忙，谁也没有想起来啊。我向佛坛磕了头，那也是每天点炷香而已。一整天盼着活人来访，人人心中都把死者忘得一干二净了。”

悦子看到一家扫墓的人，热热闹闹从服部陵园的大门顺序而出。那是一对普通中年夫妇和四个孩子，其中有女学生。孩子们不大容易走在一起，时而往回跑，时而向前奔。仔细一瞧，他们正在庭院里圆形的草地上比赛捉蚂蚱。谁也不准踏进草地，谁捕得最多就算谁赢。草地上的暮色徐徐变浓了，大门深处的一片墓地以及蓊郁的树林和草丛，就像一团团吸水的棉花渐渐浸在暗影里。只有远方丘陵斜面上的墓地，在落日的余晖里闪射着光亮，墓石和常绿树丛上的残阳灼灼耀眼。那斜坡看上去，简直就像被宁静的光线映射的面孔。

那对中年夫妇对孩子漠不关心，只是微笑着，一边走路一边商量着什么。悦子看到他们那副样子觉得有些不近人情。照她那古罗马式的想法，丈夫肯定有了外遇，妻子必然苦痛万分。那对中年夫妇，要么因相互厌倦而懒于应对，要么因互相憎恶而少语寡言，二者必具其一。然而，丈夫是一身气派的格子上衣和款式新颖的裤子，妻子是一身藤紫色的套装，手里拎着装有热水壶的购物袋，水壶脖子露在外头。看起来他们简直都是一些和故事毫不相干的人物。这些人属于那些将现今的世俗故事作为饭后的话题而遗忘的人种。

夫妇两个走到桥畔，呼喊着孩子们，接着不安地前后遥望着再没有一个别的人影的道路。最后，那位男子走近悦子身边，很有礼貌地问：

“请问，顺着这条路向哪边拐才能到达阪急线的冈崎车站呢？”

悦子告诉他们一条穿过田园和府营住宅中间的近道，夫妻两个听悦子说一口标准的东京山手话，惊奇地睁大了眼睛。不久，四个孩子群集而至，一起仰头打量着悦子。七岁光景的男孩子跑到她面前，悄悄伸过来紧握的拳头，微微张开手心。

“看！”

小手指缝里露出一只蜷着身子的淡绿色蚂蚱，两条大腿在手指间一伸一缩。

稍大些的女孩从弟弟手掌下边猛地向上一巴掌，男孩不由得张开手指，蚂蚱一跃而出，在地面上蹦跳了一两下，随即钻进路边的草丛，不见了。

姐弟俩吵了起来。父母笑着，呵斥着。一行人朝悦子点点头，继续他们刚才那种悠然自得的行军，沿着草木茂盛的田畦越走越远了。

悦子突然想到，杉本全家等待的那辆汽车说不定停在身后吧，她回过头一看，公路上下依然望不到一辆汽车的影子。路面渐暗，变得模糊不清了。

直到就寝的时间，客人还是没有来访。全家笼罩在沉闷的气氛中。大家也都学着满心焦急、一言不发的弥吉，脸上露出客人总会到来的样子。

打从悦子来到这个家，从未像今天这般全家为等待一位来客而焦灼不安。弥吉想是忘了，他对秋分这个节日绝口不提。他等待，继续等待。他被希望和绝望轮番折磨，就像昔日悦子盼望丈夫回家一样，茫然自失，仿佛被所有人抛弃而不予置理了。

“会来的，一定会来的。”

这话听起来很叫人害怕，这么一说仿佛觉得真的不会来了。

悦子多少懂得弥吉的心情，但她并不认为，弥吉一整天所抱的希望仅仅是如何获得发迹的机会。然而，更使他伤心的是，与其说遭到自己所寄予希望的人的背叛，毋宁说是被自己极力瞧不起的人所背叛，宛若脊背上被人捅了一刀。

弥吉很后悔，不该让那个工会干部看到电报。那些家伙会借机给弥吉扣上一顶“被抛弃的人”的帽子。那个干部为了见大臣一面，一直待在杉本家里，跟着忙乎到晚上八点。而且，弥吉的焦灼、谦辅半真半假的怪话、全家总出迎的准备、慢慢降临的黑夜、疑虑以及渐渐失去的无可挽回的希望等等，毫无保留地全都被他看在眼里了。

悦子呢？从今天的事情上，她获得了一个教训：一切都不可指望。与此同时，她看到希望遭到背叛的弥吉依然为避免伤害而痛苦地挣扎，悦子从中体味到一种奇妙的亲爱之情，这是她来米殿村后所从未有过的。看来，那封电报说不定是弥吉在大阪的众多朋友中，有人在宴会上喝得半醉半醒，借着酒兴给他开个玩笑，胡乱起草的吧。

悦子无意中对弥吉有了好感。她不动声色地对他施以温存，而又警诫自己不可使他误以为是同情。

夜里过了十点，精神颓唐的弥吉带着未曾感受过的恐怖之心回忆着良辅，心头涌动着一种终生不曾考虑过的罪责之念。这一观念不断增加着重量，越咀嚼越能品味出一丝带着甘甜的苦味，愈加感到一种取媚于心灵的观念姗姗而至。其证据就是，今夜的悦子比任何时候都显得光艳动人。

“秋分这天吵吵嚷嚷地过去了，等良辅忌辰那天，我们一起去东京扫墓吧。”

“让我去吗？”悦子满怀喜悦，响亮地回应着，过了一会儿，又说，“公公犯不上记挂着良辅，他从活着的时候起就不属于我了。”

接着，一连下了两天雨。第三天，九月二十六日响晴，全家人从一大早起都忙着洗涤积攒的衣服。

悦子晾晒着弥吉满是补丁的袜子（悦子要是为他买新的，会惹他生气吗），突然想到，不知三郎对那两双袜子如何处置。今天早晨看到他的时候，只见他依然光脚穿着那双破球鞋。而且，满脸堆着亲切的微笑，说：“少奶奶，早上好。”他脏污的脚踝，残留着像是被草叶划破的小伤口，透过球鞋的破洞看得清清楚楚。

“也许他打算外出时再穿吧，价钱也不太贵，真可谓是乡下少年的心理……”

可是，她又不便问他，为何不把袜子穿上。

厨房前四棵大椎树的枝头上扯满了绳子，晾晒的衣物上一寸不留地搭满了纵横交错的麻绳，随着穿越栗树林的西风飘扬不定。拴在树下的玛吉被头上不住翻动的白影所戏弄，几次改换蹲踞的姿势，像是想起什么似的断续狂吠几声。悦子晒完手里的衣服，钻过衣服缝隙转着看了看，一阵风刮来，湿漉漉的白围裙猝然飘起，贴在她的面颊上。悦子的脸火辣辣的，仿佛被人打了一个响亮的耳光。

三郎在哪里呀？

她闭起眼睛，回想着今朝看到的他那受伤而脏污的脚踝。他的一个小小的癖好，他的微笑，他的贫困，他的衣服上的破洞，所有这一切，都使悦子着迷。他可爱的贫穷！这一点尤其令悦子万分满意！他的贫困使得一个男人在悦子面前，扮演着一个如处女般可贵的羞赧的角色。

“也许他躲在自己屋里，安安静静埋头阅读故事书吧？”

悦子撩起围裙擦擦湿漉漉的双手，横穿过厨房的门口。厨房后门的木栅栏边放着垃圾箱，这是一只美代常用来丢弃残羹剩饭和烂菜叶子的汽油桶，里头塞满之后，她就扔到一两铺席大的肥料坑里去。

悦子发现汽油桶里有件出人意料的东西，她站住了。她看到黄菜叶子和鱼骨头下边有一沓崭新的布，她看到深蓝色很眼熟，小心翼翼伸手拽出那沓布来，是袜子！深蓝的一双下面就是那双黄褐色的。一次也没有穿过，还用金丝系着百货店的商标。

这个意想不到的发现，使她站着看了好半天。袜子离开手指，落在汽油桶污秽的残羹剩饭上。过了两三分钟，悦子环顾一下四周，像一个女人掩埋胎儿一样，草草将两双袜子塞在黄叶和鱼骨底下了。她去洗手，洗完了一边用围裙仔细擦着手，一边继续思考。她思绪纷乱，一时很难集中。未等情绪平静下来，一股无名之火涌上心头，主导了她的行动。

三郎正在三铺席的屋子里换工作服，看到悦子出现在凸窗前面，赶紧一边扣扣子，一边规规矩矩地跪坐着，袖口的扣子还没有扣好。他瞅了瞅悦子的脸色，悦子依旧一言不发。他扣上袖口的扣子，她还是没有出声。三郎看她表情严肃，心里直打鼓。

“上次给你的袜子放在哪儿了？让我瞧瞧。”

悦子温和地说，但听起来，却带着一种不必要的可怖的优柔。她怒气冲冲，不知什么原因，悦子将内心感情世界的一隅产生的愤怒，自行扩大，使之蔓延开来。否则，她是不会发出这种责问的。对于悦子来说，愤怒仅仅出于眼前产生的切实而抽象的感情需要。

三郎一双小黑狗般的眼睛不停地转动，左边袖口的扣子解开了又扣起来。这回，该他沉默不语了。

“怎么啦？为何不说话呀？”

悦子将胳膊肘搭在凸窗的栏杆上，逗弄般地死死盯着三郎看。她品味着发怒时那种刹那间的快乐。那是一种怎样的感觉啊！以往从未想象过。她怀着一个胜利者的自豪心情，贪婪地望着他那低俯的黧黑的柔软颈项，还有那清晰的刚刚剃过的发根……望着，望着，悦子的口气不知不觉充满了爱抚的调子。

“好了，你也不必那样惶惶不安，我早看到了，扔到垃圾桶里啦。是你扔的？”

“是的，是我扔的。”

三郎毫不犹豫地说。这种回答使悦子感到不安。

“一定是在护着谁吧，否则，态度中总能看出几分迟疑。”

悦子忽然听到自己背后有人啜泣，美代正在用身上穿的比她大得多的灰色斜纹旧围裙，蒙着脸哭起来。只听她一边呜咽一边断断续续说道：

“是我扔的，是我扔的。”

“为什么扔？干吗要哭呀？”

悦子追问着美代，冷不丁朝三郎睃了一眼。他的目光满含焦躁，正在向美代递眼色。这一发现，促使悦子猛然扯掉美代脸上的围裙，她的动作变得更加残酷了。

美代满面潮红，畏畏缩缩从围裙里显露出来。

这是一张普通的乡下姑娘的脸庞，论说起来，这张被泪水弄脏的脸有着几分丑陋，熟透柿子般一触即破的胀鼓鼓的面颊，稀疏而淡薄的眉毛，一双无可言说的迟钝的大眼珠子，不争气的鼻子……只是那嘴唇的形态稍稍使悦子有些不快，悦子的嘴唇比一般人单薄。美代那因呜咽而颤抖、被眼泪和鼻涕濡湿的光亮的嘴唇，犹如桃子，周围镶嵌着汗毛，浓淡适度，乖巧宜人，具有鲜红的针荷包般的厚度。

“说说清楚，扔袜子倒也算不了什么，只是想弄个明白。”

“因为……”

三郎立即打断美代的话，他一副伶俐的口齿令人想起平素的他只是个假象。

“的确是我扔的，少奶奶。我想自己穿太可惜了，所以特意扔掉算啦。真的是我，少奶奶。”

“搬出这些不合道理的话，谁相信？”

美代想，要是悦子将三郎的行为亲口告诉弥吉，三郎定会受到严厉的斥责。再也不能让三郎继续庇护下去了，于是她打断三郎抢着说道：

“是我扔的，少奶奶。三郎得到少奶奶的礼物，马上给我看了。我很纳闷，少奶奶怎么会平白无故送他这个呢？都怪我疑心太重啊……谁知，三郎发火了，说‘给你吧’，就扔下不管啦……我想，男人的袜子女人怎么能穿呀，于是就顺手扔掉啦。”

美代又抄起围裙捂着脸孔。这么说也还在理。“男人的袜子女人不能穿。”除了这句话有些强词夺理，其他还可以听进去。

悦子似乎有所了悟，她懒懒地说：

"算啦，用不着哭了，要是被千惠子她们看到，还不知会怎么想呢。一两双袜子，不值得这般吵吵嚷嚷的。好了，快擦擦眼泪。"

悦子故意不看三郎的脸。她挽着美代的肩膀离开了现场。她仔细端详着自己臂腕里的肩膀和脏污的衣领，还有那纷乱的头发。

"这种女人！竟然会看上这种女人！"

椎树的树梢点缀着晴朗的秋空，枝头上今年第一次传来伯劳鸟的鸣声。美代被鸟叫吸引，不小心踏进雨后的水洼里，泥浆溅到了悦子的裙裾上。悦子"啊"了一声，松开了手臂。

美代蓦地像狗一样蹲踞在地面上，用刚才自己擦眼泪的斜纹围裙，认真地给悦子揩拭衣裾。

对于这种无言的忠实的表现，悦子也只得无言地站在原地，任凭她做着一切。在悦子眼里，与其说这是一个乡下姑娘令人怜爱的表现，不如说更显示出某种任性的大献殷勤的敌意。

——直到有一天，悦子看到三郎穿着那双袜子，若无其事地带着天真的微笑跟她打招呼。

悦子感受着生命的美好。

从这天到十月十日秋令的忌日，悦子一直活得很有意义。

悦子决不需要救助，这样的她竟然能体验到生的价值，这是不可思议的。

认识到人生不值得活着这个很容易，但是，要使那些有些敏感的人认识到人生并非没有价值，反而是困难的。这样的困难正是悦子幸福的根据，不过对于她来说，世间被称作“生的价值”的东西——亦即我们摸索生存的意义而尚未获得结果的期间，好歹也得活着。假如说，通过对这种生的二重性的追溯而求得统一的欲望就是我们生的本体的话，那么所谓生的价值就只能是不断出现在眼前的幻觉，也就是借着尚未追溯的生的意义而追溯，并由此得到的生的统一的幻觉——基于此种意义上的被称作“生的价值”的东西完全同悦子无缘。悦子身上萌发的未曾意料的、离奇的、植物般的所谓“生的价值”，她甄别想象力和幻觉的判断，毋宁说是属于想象力的范畴。想象力对于悦子来说，是一种训练有素的危险，是严格忠实于目的地和到达时间的冒险飞行。她那乞丐般灵巧的手指，有着将自己衣服里的虱子一只也不剩地捻死的才能。这种才能忽然驱使她的想象力，将她不认为生存是无意义的一切资料—— 就是那些可以判明是她不顾一切用来作为认识的根据，从而使她的生存变得无意义的资料——搜集起来。为此，悦子将这些显示出多少能为自己带来希望的外观，并被隐瞒的事物的全部，进行一次圆满而周到的毁灭。就像一位执行官，她的这种想象力推翻了希望，在它背后贴上了盖有大印的封条。再也不会有比这更加旺盛的热情了，因为这个世上的热情只有靠希望才能将其腐蚀。

至此，悦子的本能类似猎人的本能。平时一看到远方草丛里野兔摇动白色的尾巴，她的狡黠立即被激发，全身热血沸腾，筋肉跃动，神经组织紧张收束，犹如一杆利箭。不具有生的价值的清闲日月里，这位乍看起来判若两人的猎人，只是守在炉边假寐，无所希冀地过着怠惰的日子。

生存一事，对于有些人是那么容易，而对另外一些人又是那么困难。比起人种差别来，这种更加明显的不公平，悦子对此却毫无抵触之感。

“当然是容易的好了。”悦子想，“为什么呢？因为生存容易的人，不会把这种容易作为生存的理由。而困难随即都能成为生存的理由。因为，生存困难这件事，本来就不值得骄傲。我们于生的内部发现一切困难的能力，在某种意义上，就是使我们的生存变得像平常人一样容易的能力。其原因是，如果没有这个能力，那么，我们的生就将变成一个无所谓困难和容易的、滑溜溜的、没有落脚点的真空球。这种能力就是掩护生存价值外露的能力，是容易生存的人决不显露生的价值的、未加留意保留的能力。虽然如此，但也不是什么特殊的能力，只不过是日常必需品罢了。人生一杆秤，弄虚作假、夸大自己重要地位的人，将在地狱受到惩罚。即便不弄虚作假，但人生犹如衣服，有着意识不到的分量，穿着外套而感到肩膀疼，那只能是病人。我之所以要穿比别人更重的衣裳，只不过因为我的精神生在雪国、久住雪国的缘故。对于我来说，生存的困难只是保护我的铠甲。”

她生存的价值已经不会使她感到明天、后天以及全部未来是沉重的包袱。这个包袱没有变，但其重心微妙地移位，使得悦子身心轻松地奔向未来。若问是否依靠希望，决非如此。悦子从早到晚监视着三郎和美代的行动。他们会不会站在那棵树下亲嘴呢？他们会不会深更半夜在相距很远的宿舍与宿舍之间拉起一根丝线呢？这种发现只会给她带来烦恼，由于这种来自不确定因素的烦恼格外严重，悦子为了查找两人恋爱的证据，她下定决心，任何卑劣的行动她都在所不辞。单从结果上看，她的这股热情确实令人畏惧地证明，人因为苦恼而激起的热情是广大无边的。正因为丧失希望才会注入如此浩大的热情。这么说，人存在的明显形式，也许就是某种存在形式的忠实模型，不管是流线型还是穹窿型。热情是一种形式，正因为如此，才能作为媒介使人的生命得到十全十美的发挥。

悦子处处监视着他们两人，她一直没发现有人觉察到了这一点。看来，悦子的所作所为比平时更加心安理得。

这个时期，悦子也像弥吉一样，趁三郎和美代不在时窥探他们的房间。什么证据也没有。他们这号人是从不记日记的，既没有能力写情书，也断不会懂得什么美和爱的共谋，比如将爱情的一分一秒都留在记忆里作为纪念，或者现在就准备使甜美的追忆重新显现。他们不会留下任何纪念、任何证据，两个人在一起的时候，也只是眼睛看着眼睛，手拉着手，唇抵着唇，胸贴着胸……还有，再不然，那个地方顶着那个地方！啊！一切多么容易啊！这是多么直接而美好的抽象行动！不用语言，无须表达。就像投掷标枪的运动员的姿势，这是为了实现单纯的目的而采取的。这种必要而充分的姿态，这行动……这所有的一切，都是按照一种十分单纯的抽象的美的线条而进行的。这样的行为会留下什么证据呢？这种行为就像田野上空一瞬即逝的燕子……

悦子的梦想时时逃离开去，这就好比，黑暗的宇宙里有一只不停地大幅度摆动的漂亮的大摇篮，她的身子就乘在摇篮里，一刹那，摇篮碰到那剧烈摇动的光闪闪的喷水池水柱上了。

悦子在美代的房子里看到的是，赛璐珞镶边的便宜手镜、红梳子、廉价的雪花膏、薄荷油、唯一的一件箭翎花纹的绸礼服、皱巴巴的腰带、崭新的贴身裙、夏季穿的不太合体的连衣裙和套裙（夏天，美代毫不在意地穿着这两件衣服上街买东西）以及脏污的过期的妇女杂志，每页都翻得卷起一堆纸花，还有乡间朋友写来的哭诉信。每件东西上，几乎都沾着一两根茶褐色的头发。

悦子在三郎房间里看到的只是单纯生活的一部分。

“他们二人是否赶在我窥探之前仔细收拾了一遍？莫非像从谦辅那里借来的一本爱伦·坡小说里写的那样，‘偷来的信’就插在最显眼的信兜里，偏偏从我过细的搜索里漏网了？”

悦子刚要走出三郎的房间，碰见从廊子上走过来的弥吉。这个房间在走廊的尽头，要是弥吉根本没打算进这间房子，他是不会走到这里的。

“你在这里？”

弥吉问。

“嗯。”

悦子应了一声，她没有辩解。他俩向弥吉房间走来时，走廊并不算很窄，老人的身子总是笨拙地撞着悦子，就像个缠手的孩子被母亲牵着，边走边往她身上撞击。

到了房里以后，弥吉问道：

“你到他房子里干什么去了？”

“去看日记了。”

弥吉莫名其妙地动了动嘴，不再吭声了。

十月十日这天，是附近几个村子过秋节的日子。

三郎应青年团小伙子们的邀请，日落前就收拾停当出门了。节日里十分拥挤，带小孩子去是很危险的。因此，为了阻止信子和夏雄，浅子和孩子们一同留下看家。晚饭后，弥吉、悦子、谦辅夫妇带着美代到村社去观看乡间的节日庆典。

从傍晚时分起，远近就响起了阵阵鼓声，其间夹杂着呼喊和歌声，听起来又像风的声音。呼喊声穿过暗夜的田园流向远方，宛如森林里鸟兽的歌唱。这种呼喊没有搅乱静寂，反而起着深化静寂的作用。这地方虽说离大都市不远，但乡下的夜晚就是这般深沉，只听到遍地里唧唧的虫鸣。谦辅和千惠子换好了节日的礼服，暂时打开楼上的窗户，倾听四面八方的鼓声。那多半是车站前边八幡宫的大鼓，明明是从这里走过去的村社的大鼓。那也许是邻村村公所前的大鼓，小孩子们的鼻子上涂着白粉，人人轮流上场敲打，听起来声音最稚嫩，还不时中断一阵子。

这对年轻夫妇热衷于争论鼓声的方向，由于意见分歧开始吵起架来。他们的谈话简直就是演戏，不像是一对三十八岁和三十七岁的夫妻。

“不对，那是冈町方向，鼓声是从站前八幡宫传来的。”

“你也真固执，住了六年还搞不清车站在哪里。”

“那好，请把指南针和地图拿来。”

“这里可没有那些玩意儿，太太。”

“我是太太，可你只是个光杆儿老爷。”

“说得是，做个光杆儿老爷的太太也不是谁都能干得来的。世上一般的太太都是什么局长太太啦，鱼店老板太太啦，喇叭手太太啦。你是个幸福的人，一个光杆儿老爷家的太太，太太行里的女强人，母鸡占了公鸡的窝。在母鸡的世界里没有比你更能干的啦！”

“看你扯到哪儿去了？我是说你也就是个一般的老爷。”

“所谓一般就是很棒，人的生活和艺术的一致点就是一般。轻视一般就是不服输，害怕一般就是人还不成熟的证据。因为不论是芭蕉以前的谈林风[1]俳谐，还是子规[2]以前的一般俳谐，其中都充满了一般美学尚未死亡的活力。”

“谈起你的俳句，可谓一般俳谐之最呀！”

如此格调的、脱离地面四五寸的、浮游于半空里的对话，一直持续下去，但一贯感情的主题却留在这里。这个所谓主题就是，千惠子对于丈夫的“学识”抱着无比尊敬之念。往年东京的知识分子中，这样的夫妇大有人在。现在，他们依然遵奉良风美俗，留着落后于时代的发型，来到乡下，依然带着一副优雅的表情。

谦辅点上一支香烟，靠在窗台上吸起来。烟雾缠绕在窗户边的柿树梢上，流向夜间的大气，宛若漂在水面上的一团白发。过了一会儿，他说：

“老爷子还没准备好吗？”

“是悦子还没有准备好，公公也许正在帮她系腰带吧。您根本想不到吧，悦子内裙的纽扣都是公公给扣的呀。平时，她换衣服的时候，就紧闭房门，一边说话一边干着什么，说起来，可会熬时间啦……”

“老爷子晚年倒学会享艳福啦！”

两人的话自然落到三郎头上了。他们看到，最近悦子平静多了，由此得出结论，她大概对三郎死心了。谣言往往比

---

1 江户初期俳谐的一个流派，以大阪的西山宗因为主唱者，以自由抒发奇拔的意趣为特色。

2 正冈子规（1867—1902），主张俳句革新，提倡写生文和写生俳句。

事实更能引你走向真正的道路，因此，比起谣言来，事实反而成了一堆谎言。

要去村社必须经过后面的树林，沿着今年春天赏花的那条通往松林的岔道，奔相反的方向走上一阵子，经过灯心草和菱角覆盖的沼泽畔，下一道陡坡，就是一排排人家。村庄里家家户户对面的山坡上有一座神社。

美代打着灯笼走在前头，谦辅殿后用手电照着脚下。进入岔道时遇见一个姓田中的老实的农民。田中也去参加节日活动，他走在大家的后头。他拿着笛子，边走边练。想不到清亮悦耳的笛音带着几分悲凉，使得以提灯为先头的一行队伍犹如送葬的行列，心情黯然地走着。为了振奋精神，谦辅每隔一个音节拍一下手，大家也跟着拍起来。于是，池沼畔传来了空寂的回响。

“走到这里，反而听不清鼓声了。”

弥吉说。

“是地形的关系。”

谦辅在后面应道。

这时，美代一个趔趄差点儿摔倒了，谦辅替她提着灯笼走在前头。叫这个半睡半醒的姑娘在前头领路，实在有点儿说不过去。谦辅从美代手里接过提灯，这一切都被一旁侧身为他让路的悦子看在眼里。也许是灯光照耀的缘故，美代的脸色有些苍白，眼睛无神，也许是心理作用，连喘气似乎都有些困难。提灯由一只手递到另一只手的一瞬间，悦子一眼瞥见了美代被照亮的上半身，悦子的眼睛近来已经很习惯这种观察了。

但是，这种发现很快就被遗忘了。一行人登上陡坡，看到家家户户屋檐下吊着过节的彩灯，火影摇曳，大伙儿不由得齐声赞叹。

村里的人大都出外参加庆典了，村里一派寂静，只有明丽的灯火在闪动。杉本家的人走过流经村里小河上的石桥。一群鹅突然被人声惊动，一齐鸣叫起来，这些鹅白天浮在河水里，晚上进入鹅舍。弥吉说，鹅的叫声很像夜啼的婴儿。大家联想到夏雄和那位邋遢母亲，一同乐开了。

悦子瞅了瞅美代那身心爱的箭翎花纹的和服，她不由得警惕自己目光里是否带着凶险的神色。这种警惕不是担心杉本家的人，而是怕美代从这视线里嗅出悦子心中的醋意。要是被这位污秽的乡下姑娘觉察到自己对她怀有嫉妒，单凭想象就会使悦子的自尊心被撕得粉碎。不知是面色白皙还是身穿箭翎绸缎和服的缘故，今晚的美代看起来多少有些动人之处了。“这个世界也变得马马虎虎了。”悦子想，“至少在我小的时候，女佣除了条纹布以外，是不准穿别的和服的。女佣穿漂亮的箭翎和服，是败坏风习，等于向世俗秩序吐唾沫。要是死去的母亲还在，对于这样不知天高地厚的女人，当晚就要把她赶出家门。”

她从下到上，又从上到下地打量着美代，这时，一种阶层意识很容易成为嫉妒的替代物。很显然，悦子对三郎从未抱有这种极其陈旧的阶层意识。

悦子身穿一件乡下罕见的碎菊花和服，罩着稍短些的漆丝外褂，喷了点珍藏的霍比格恩特[1]香水。这种不合乎乡间过节的香水，明明是冲着三郎来的。弥吉不知底里，一味将喷雾器对着她低俯的颈项喷洒，那似有若无的汗毛上蓄积着香水极细的微粒，珍珠般闪耀着光辉，看起来美艳无比。悦子本来肌理细腻，这个任弥吉所占有的奢侈部分和沾满泥土、骨节粗大的手的实质部分，虽然形式上极其矛盾，但又毫无顾忌地联系起来。这双沾满泥土的手不久就会在她的酥胸上漫无边际地随处扫荡。在弥吉看来，只有造成这种人工性的矛盾，才能使自己获得真正占有她的安然心态。

一行人从大米配给所的一角拐向小路，这时突然闻到一股乙炔灯的异臭，这才看到灯光下边夜市的热闹景象。有卖糖的，也有将柄子插在稻草捆上卖的风车店。纸伞店的旁边在出售过时的烟花、画片和气球。一到过节的时候，这些商家便从大阪的点心店里低价贩来残次品，挑着带有提梁的铁桶，在阪急梅田车站里头，一边转悠一边打听。他们询问着今天在哪个车站下车能碰上过节的人。有的商家看到冈町站前八幡宫院内早已被竞争对手占了地利，便来到这座村社院内，眼瞅着大赚一笔的美梦一半破灭了，觉得再争争抢抢也无济于事，只好懒洋洋地迈着步子，三三两两在田间小道上

1 原文为 Houbigant，法国最古老的香水品牌之一。

摆摊子。这里卖东西的多是老头儿和老太婆。

孩子们围成一团，看着玩具汽车描着椭圆形练习奔跑。杉本一家人逐一观看着夜市，围绕要不要给夏雄买一只五十元的汽车争论不休。

“太贵啦，太贵啦，悦子到大阪顺便捎一个来好了，那儿便宜。再说，这些小摊子上的东西不可靠，今天买明天就坏啦。”

弥吉大声嚷嚷，这就算结论。卖玩具的老人带着可怕的目光瞪着弥吉，弥吉也瞪着他。论胜负，弥吉赢了。卖玩具的老头儿只好认输，又面对孩子们吆喝起来。弥吉离开老头儿，孩子般陶醉于胜利的喜悦之中，钻过一座牌坊，登上了石阶。

确实，大阪的物价没有米殿这里高，不得已时才在米殿买。举个例子，比如粪肥，有句俗语“大阪的粪都便宜”。冬天，一车两千元，有的农民赶着牛车从大阪贩运到这里，弥吉有时也只得硬撑着买下来。大阪的粪肥比这里的质量高，肥力大。

刚登上一半石阶，大家就感到头顶上袭来潮水般的轰鸣。石阶上的夜空火花飞舞，欢呼声混合着竹子的炸裂声强烈地震撼着耳朵，他们看到跃动的篝火的红焰，毫不留情地照亮了古老杉树的梢头。

“从这里登上去，不知道能不能到达神社。”

谦辅说道。于是，一行人从石阶中间选择一条曲折的小道，绕到大殿的后面。到达大殿时，气喘得最厉害的不是弥吉，而是美代。她用两只硕大的掌心，不安地抚摩着没有血色的面颊。

大殿前面呈现着舰桥的情景，船头正面向火焰和欢呼的旋涡之中驶去。尚未走进旋涡的女孩子们站在这儿，俯视着乱纷纷的庭院。石阶和石栏保护着她们免受纷乱的侵扰。但她们一直默默无言，这是有原因的。火影以及火影中穿梭而行的人影，不停地在这边人们的脸颊上、扶着栏杆的手上还有石阶上飘忽不定，绕来绕去。

有时候，篝火迅速增加了火势，火焰摇晃着身子，仿佛踢开大气。原来，看热闹的女孩子的脸上——这时候杉本一家人也加入进来了—— 映着鲜明的轮廓，屋檐下系着风铃的旧布条，犹如被晚霞照耀，泛着茜红色。一跃而起的影子升上来，舔尽这瞬间的光辉。于是，木然而立、沉默不语的黝黑的一团人，只得留在石阶上了。

“简直是一群疯子！三郎也在里头呢。”谦辅瞧着眼下拥挤的人群，自言自语。他向旁边一看，悦子的外褂腋下稍微绽开了，她自己没有觉察。他想：奇怪，今夜的悦子怎么这般艳丽！

“哎呀，悦子，你的外褂绽线了。”

不该说的偏要说，这是他的老习惯。

这时，腾起一阵新的欢呼，无用的忠告没有送进悦子的耳朵。篝火悲剧的反光映着她的侧影，看起来比平时更加冷峻、庄严而又稍带刻薄。

广阔庭院里的人群不断分头向三方面的牌坊奔跑，拥挤不堪。一看，这种无秩序的行动竟由一头狮子所支配。龇牙咧嘴的狮子抖动着绿布条制作的鬣毛，乘着起伏的人流向前驰驱。舞狮子的人是三个身穿夏季长衫的青年，人人汗流浃背，不断轮番交替。狮子后头跟着一百多个青年，人人手里打着白色的提灯紧追不舍。每一盏提灯都以狮子为中心，灯笼碰撞着身子，向中心蜂拥而来。不一会儿，狮子发怒了，它冲出人群向别的牌坊奔驰，后头又紧跟着一百多名青年。一直点亮的灯笼很少了，大多被挤破，只剩下灯杆子。提灯人没有觉察，仍然在手里举着，而且不住地高声喊叫。庭院中央耸立着细竹，竹子下边点着火，竹子燃着了，发出爆竹似的响声。被烈火包围的竹子倒下了，又有新的竹子立起来。庭院四隅的篝火比起这里熊熊燃烧的烈火显得更加稳定。

日常同冒险无缘的村民们，冒着飞旋的火花，不知疲倦地纷纷跟在后头，观看狮子后面挤在一起的青年们激情满怀、几乎失去理智的行动。这些群众初看起来很是平静，但内里却始终积蓄着富有黏着力的波动，他们几乎将拥挤在最前面的观众，一同推进蜂拥的青年们的队伍中去。手执团扇的年老服务人员，身处于这两股人流之间，声嘶力竭地喊叫着。他们在监管青年们的鼓动，维持观众的交通秩序。

站在大殿的石阶上头，展望会场的全貌，篝火周围宛若有一条庞大、灰暗、遍体鳞光闪闪的巨蟒，痛苦地翻滚着身子。

悦子一直瞧着白纸灯笼互相撞击的那片地方，她的意识之中早已不存在弥吉、谦辅夫妇和美代等人了。这号叫的本体，这狂乱的本体，这可怖的激越的本体……凭悦子的直观，她认为，那恍惚不定、醉意蒙眬而飞跃着的本体，正是三郎，也应该是三郎！悦子感到，那翻滚着的生命力的无益浪费，几乎全是如此光明灿烂，她的意识置于此种危险的混沌之上，犹如置于砂锅上的冰块，迅速融化了。悦子不时觉得焚火和篝火的火焰无情地照耀着自己的面颊，这使她偶然想起那为丈夫的灵柩而敞开的门扉，想起那洪水般骤然涌入的十一月温暖的阳光。

千惠子看到悦子的目光在寻找三郎，她当然不会想到悦子所寻找的还有另外的东西。她带着生来的亲切语调说道：

“啊，真有趣，咱们也进去看看吧。站在这儿感觉不到乡村节日粗犷的气氛。”

谦辅从妻子的眼神里觉察到她话里的本意。反正弥吉是不会跟着去的，这个方案要是也能向弥吉作一次小小的报复，那真是一举两得。

“好吧，鼓足勇气去看看吧，悦子不去吗？你们还年轻啊！”

弥吉像平时那样板着面孔。这是一个男人充满自信的僵硬的面孔，这张面孔总是通过微妙的表情变化左右着他人的行动。过去，他凭着这张面孔使得公司要人提出辞呈。然而，悦子不看弥吉的脸色，立即答应下来。

“哎，我也一道去。”

“爸爸呢？”

千惠子问道。弥吉没有回答，板起脸望着美代，使得美代明白自己应该留下来陪主人。

“我在这儿等着……尽量早点回来。”

他说着，没有看悦子一眼。

悦子牵着谦辅夫妇的手走下石阶。他们就这样手牵着手挤进了喧嚷的人海。这里的观众们比在上面看到时更加尽情地涌动着。他们越过挤在一团的茫然张开嘴巴的、有气无力的无数面孔，顺利地到达了最前列。

悦子的耳畔传来燃烧的竹子清脆的炸裂声。任何不快的声音，今晚在她的耳朵里，听起来都是多么响亮啊！她那不为琐细之事所动，只顾寻求足以震破鼓膜的危险的柔软的耳朵，而今却一味沉浸在自己内部感情的同一旋律之中。

攒动的人头上面，突然，狮子的头露出金色的牙齿，一起一伏转向另外一座牌坊。混乱骤起，人流左右分开，悦子眼前掠过一团炫目的人影，那是一群映着火焰的半裸的青年。有的披头散发，有的脑后飘荡着白色的头巾结子。人人像野兽一般狂叫着，卷起一阵灼热的旋风，从悦子眼前疾驰而过。看着看着，这些栗色的半裸体倏地互相碰撞起来，坚实的肉块发出的黯淡的钝响，以及汗湿的皮肤相互贴合又立即离开时的脆音，回荡在周围的空气里。他们赤裸的双脚在黑暗里相互配合，就像无数别的动物在蠢动，变得毫无意义。他们有谁能够判别哪是自己的脚，哪是别人的脚呢？

“三郎在哪里？一旦脱光衣服，就分不清谁是谁了。”谦辅说道。他两手分别搭在妻子和弟媳的肩膀上，生怕她们走失了。悦子浑圆的肩膀总想从他的手心里摆脱出来。

“一点不错。”他自问自答，继续叨咕着，“一旦光着身子，就能明白人的个性根据是很薄弱的，而思想的形态只要有四种就足够了：胖子和瘦子的思想，高个子和矮个子的思想。论脸型，不论看哪种脸型，不外乎两只眼睛，一个鼻子，一张嘴巴。没有长一只眼的小孩子。即使是最能表现个性的脸型，最多只是有别于他人的记号罢了。恋爱也只是记号爱上记号而已。因为一旦进入肉体关系，就变成无记名和无记名的爱情了。仅仅是混沌和混沌、无个性与无个性的单性繁殖，既无男人又无女人。你说对吧，千惠子？”

千惠子也感到腻烦，她翕动着鼻尖儿应了一下。

悦子不由得笑了。耳畔不停叨咕着的是一个男人失禁的思考力。是的，这可谓“脑髓的失禁”，多么可悲的失禁啊！这个男子的思想正如他本人的屁股一般滑稽。但是，最根本的滑稽是他这种独白的速度，同眼前呼喊的、动荡的、充满气味的、跃动的生命力的速度完全不合节拍。作为一个乐团的指挥家，有谁还会将这样的演奏者继续留在团内呢？

如果有，倒很想见一见。然而，偏远地区的乐团，却能容忍这种走调的演奏者继续演奏……

悦子睁大眼睛。她的肩膀轻易摆脱了粘住了的手掌……

她看到了三郎。他沉默的嘴唇明显地张开来，似乎叫喊着什么。可以窥见锐利的牙齿闪现出白光，辉映着篝火的红焰。

悦子从他那决不肯朝自己这里瞧一眼的眸子里，看到了明丽的篝火。

这时，狮子的头再次从人群里扬起来，睥睨着四方，又猛然回过头，抖动着绿色的鬣毛，冲进观众的中央，直奔大殿正门的牌坊跑去。半裸的青年们潮水般地紧跟其后。

悦子的两腿离开她的意志的羁绊，也紧跟在拥挤的人群后头。“悦子，悦子！”谦辅在后面呼喊。其间，可以听到千惠子特有的欢快的笑声。悦子没有回头。悦子感到，自己内部有一种东西，已经从暧昧的不安的泥沼里站起来，冲向她的外部，变成一种肉体的力量，光明闪耀。她有过好几次，于瞬息之间相信人生什么事都可能发生。在这样的瞬间，人或许能看到平时难得一见的众多东西。这些东西一旦沉睡于忘却的底层，又重新获得复苏，再度向我们暗示着世界可怖的丰饶的痛苦和欢喜。谁也无法避免这个命定的瞬间，为此，任何人都躲避不掉这个不幸，即看见比自己目所能及的更多的东西。如今的悦子，没有她做不到的事情。她面颊似火，一边被毫无表情的人群推拥着，一边脚步踉跄地朝着正门牌坊的方向飞奔。她几乎一直跑在最前列。攀着背带的服务员的团扇撞在胸脯上，她对这种打击也毫无感觉。一种麻痹的状态和激烈的昂奋互相搅和在一起。

三郎没有发现悦子。他那浅黑的布满肌肉的健美的脊背，不时对着拥挤的人群。他一边喊叫，一边转脸向狮子头的方向挑战。已经熄灭的提灯高悬于舒展的臂腕上，却不像别人的提灯那般支离破碎。他跃动的下半身模糊不清，唯独很少动作的脊背，沉浸于火光和暗影的交相辉映之中，令人眼花缭乱，仿佛在不停地摆动。他那肩胛骨周围晃动的肌肉，看起来犹如展翅翱翔的羽翼的筋肉。

悦子的手指一味期盼着能触及一下那副脊背。不知道这是属于哪方面的欲望。打个比方说，她觉得那脊背宛若深不见底的大海，她一心巴望着向海里纵身一跳。这是一种近乎献身的欲望。然而，献身者所翘首以待的未必是死。献身之后接踵而至的应该是有异于以往的东西，总之，可以是另一个世界的东西。

此刻，麇集的人群里一股巨大的波动推拥着人们向前走去。半裸的青年们与此相反，他们随着狮子变幻无常的动作向后撤退。悦子被后面的人流推挤得趺趺撞撞，这时，一个火热的、赤裸的脊背正好迎头袭来，悦子伸手支撑住了。那正是三郎的脊背。悦子的手指品味到放置多日的年糕般的肌肉的触感，尝到了一种庄严的灼热！后边的群众进一步向前推挤，她的指甲尖锐地刺进三郎的肌肉。精神昂扬的三郎没有感到疼痛。在这疯狂的拥挤之中，他并不想知道支撑在他脊背上的是哪个女人。悦子感到他的鲜血正要从她的指缝里滴下来。

服务人员的制止看来一向不奏效。挤作一团的疯狂的群众，一齐拥到院子中央毕毕剥剥燃烧的竹子附近。火堆被践踏了，光脚的人们也不觉得灼疼了。细竹被火舌卷裹着，照亮了古老杉树的梢头，扬起火红的烟雾。燃烧着的竹叶一片金黄，犹如正面映照着落日。战栗的、炸裂的细细火柱，像桅杆一般左右大幅度摇晃着，突然倒向拥挤的群众头上。

悦子觉得，似乎看到一个头发着火、大声狂笑的女子。接着，再也找不回确切的记忆了。总之，她逃出来了，站在大殿的石阶前边。她想起映进眼里的天空布满火花的一刹那，然而，她并不认为那场面很可怕。一看，青年们又争先恐后奔向别的牌坊，群众早已忘记恐怖，跟在后面缓缓而行。什么事也没有发生。

悦子为何独自一人待在这里呢？她莫名其妙地守望着院子里广阔地面上不住跳动的火焰和凌乱的人影。

——悦子的肩膀突然被人拍了一下，是那张黏胶似的手掌。

“在这儿哪，悦子！真叫人担心。”

悦子沉默着，面无表情地抬眼看看他。他喘着粗气接着说道：

“出了大事啦，你来一下。”

“什么事？”

“唉，来一下嘛。”

谦辅拉着她的手，大步流星踏上石阶。先前弥吉和美代所在的地方围着一圈人。谦辅分开人群，将悦子领进去。

两条并在一起的长凳上仰面躺着美代。千惠子俯伏在她身上，想为她解开衣带。弥吉闲得无聊，一直叉开腿站在那里。美代由于穿衣疏忽，松弛的胸显露出来，微微张着嘴，昏了过去。手臂扭曲似的垂下来，指尖触着地砖。

“她怎么啦？”

“突然摔倒了，估计是脑贫血，再不就是癫痫病。”

“得赶快叫医生来。”

“刚才田中传话来了，说要带担架来的。”

“通知三郎了吗？”

“不，不用了。似乎不是什么大病。”

谦辅不忍看着女子青黄的面孔，移开了视线。他是个连一只小虫也不敢杀死的男人。

说着说着，担架来了，田中和青年团的一个小伙子两个人抬着。从石阶下去很危险，谦辅用手电照路，沿着曲折的小道徐徐向下走。手电的光芒照射着美代紧闭着眼睛的面孔，看上去像舞台上的假面具一般。跟随而来的一群孩子看到这番情景，半开玩笑地发出一声声惊叫。

弥吉嘴里叽叽咕咕地跟在担架后头。他的意思，不说也明白。

“可耻！给谣言留下了不光彩的话题。一个丢脸的病人！竟然赶在过节的时候……”

幸好医院位于一个角落，不必经过夜市。担架穿过一座牌坊，进入一条黑乎乎的街道。医院前边，病人和陪护进去之后，看热闹的人群还是不肯离去。节日的程序反反复复，不知到何时才能结束，大家看腻了，倒是一心想知道这件事情的结果。他们一边踢着石子儿，一边闲聊，高高兴兴地等待着。这件事成了意料中的节日的一个副产品。有了这件事，今后的十天不会再为找不到话题发愁，这可是消闲的最好材料。

医院的院长是新上任的年轻医学士。这个戴着无框眼镜的轻薄才子，时常取笑已故父亲和所有亲戚的土包子气，而把杉本一家别墅式的那种气质当作眼中钉，路上见到了虽然点头哈腰，但心里却满怀疑虑。他在担心什么呢？他是害怕自己装扮的城中显贵的假面具被一眼看穿。

病人被抬进诊察室，弥吉、悦子以及谦辅夫妇，都被安排在面向庭院的候诊室里等着。四个人都不怎么言语。弥吉那双像偶人剧中白太夫一般的扫帚眉，仿佛落上了苍蝇似的突然闪动了一下，故意使气流通过臼齿的缝隙，发出一种奇怪的声响。他后悔自己不该那般随便乱折腾。要是不喊田中，事情就不会闹大，也不会有担架来，只是会让附近的人知道罢了。有一次，他刚踏入农业工会的办公室，正在谈笑的职员们戛然而止，其中一人就是大臣约定来访那天到杉本家来转过一圈的干部。从那以后就成了人们谈笑的材料。这回的事情更糟糕，很可能被人恶意篡改、添油加醋，因而危险性更大。

悦子低着头，望着膝盖上自己十指并拢的指甲。一只指甲干了，凝积着褐色的小血块。她下意识地将那根手指尖贴到唇边。

穿着白大褂的院长站着打开隔扇，对着杉本全家多少显露着明朗、愉快的表情，若无其事地说：

“请放心吧，查清楚啦。”

对于弥吉来说，他对院长的说明毫不关心，冷冷地反问：

“什么原因呢？”

医学士关上隔扇，走进屋子。他提提裤线，很笨拙地坐下来，带着非职业的浅笑，说道：

“她怀孕了。”

第四章

悦子在节日的夜晚经过一阵痛苦的失眠之后，在梦中梦见了良辅，以至于久已忘却的关于良辅的回忆，又重新威胁她的日常生活了。然而，这种影像和在他死后那种感伤的月晕中眺望到的影像大不一样，这是一种有害的、裸露的甚至是有毒的影像。在这样的影像里，同他在一起的一段生活，幻化为设在秘密房间里风纪不良的学校，是一门散漫无边的功课。与其说良辅爱悦子，莫不如说他在教育悦子。与其说教育，莫不如说训练，就像一位杂耍艺人用各种技艺训练一个残疾女子。

这种颠倒、残酷而又可怕的授业时间，以及强加于人的无数的背诵、鞭笞、处罚……所有这些，都是为了教会悦子一种狡黠，即“只要禁绝嫉妒，可以没有爱”。

为了掌握这门狡黠，悦子全力以赴。她用尽全力，但毫无结果。

这是一门残酷的功课，是要让她做到，只要为了没有爱，不管怎样的劳苦都能忍耐下去……这门功课教给悦子狡黠的处方，这张处方缺少任何一种药品都是无效的。

她认为这种药品就在米殿。她看到了。悦子放心了。但没想到，这也是个赝品，无效的假药！这是假货。一种可怕的东西、恐怖的东西再次袭来了……

医生带着浅笑说：

“她怀孕了。”

听到这话，悦子感到一阵锥心的痛苦。她感觉自己脸色惨白，嘴里干渴得直想呕吐。不能再装模作样了。她望着弥吉、谦辅和千惠子，他们的脸上浮现的再不是轻佻，而是一种猝然产生的惊愕的表情。是的，这种场合只能惊愕，应当惊愕。

“啊，真讨厌，张开的嘴就是不闭上。”

千惠子说。

“当今的姑娘家真叫人泄气！”

弥吉用认真而又轻快的语调附和道。他的用意是想使医生明白：这事和我没关系。他最先的一个算计，就是用多少钱才能堵住医生和护士的口。

“没指望啦，是吗，悦子？”

千惠子搭话了。

“嗯。”

悦子勉强笑了笑。

“你呀，天生对什么都不感到惊奇，真是泰然自若啊！”

千惠子继续说。

可不是嘛，悦子不感到惊奇，她是在嫉妒。

提起谦辅夫妇，他们对这次事件很感兴趣。没有道德的偏见是这对夫妇值得骄傲的长处。但正是这种自我标榜的长处，使他们堕入光是看热闹而缺乏正义感的地步。失火的场面谁都爱看，但不能认为在阳台上看要比在马路上看更高级。

没有偏见的道德到底有没有？这种现代趣味的理想之乡，无形中是使他们苦守寂寞的田园生活的美梦。实现这种梦想的唯一武器，是他们的忠告，是他们获取贩卖专利的亲切的忠告。为此，至少在精神上使他们感到繁忙。精神的繁忙实际上是属于病人的领域。

千惠子打心里称赞丈夫富有心计，最使她感动的一个例子是，谦辅竟然懂得希腊语！而且他没有向任何人炫耀过。这一点，至少在日本是很少有的。他还会背诵拉丁语法中二百一十七个动词的变化，一个不漏地记住俄国小说中众多人物冗长的名字。还有，他还是个能说会道的人物。他大肆宣扬日本的能乐剧是世界最宝贵的“文化遗产”（这话他最爱说）之一：“其洗练的美学意识足可以和西欧的古典戏剧相媲美。”他像一个作家，自己的书越是卖不掉，越认为自己是个天才。从来没有人邀他去讲演，他相信自己的言论不会为这个世界所容纳。

这对有知识的夫妇确信，只要稍稍动一下手，人生就会出现变化。这种旁观者的信念，退役军人的自负，究竟是从哪里得来的呢？细想想，也许是谦辅最瞧不起的杉本弥吉遗传给他的。只要按照他们既没有偏见又没有私心的忠告去行动就能成功，违背他们的忠告就要失败。然而，这正是被忠告的人出于偏见而施展的诡计。对于他们夫妇来说，时常陷入一种不如意的境地，亦即他们虽然有资格责备任何人，但结果又不得不给予宽恕。难道不是如此吗？因为在他们看来，这个世界上，没有一件是真正重要的事情。

论起他们自己的生活，只要稍微动动手就很容易改变，但眼下就是懒得动手。他们和悦子不同的地方，实际上就是他们很喜欢自己的怠惰。

因此，节日回来的途中，谦辅和千惠子在云雨低垂的路上稍稍落在人们的后头，边走边怀着兴奋的希望，一齐猜测着美代怀孕的过程。美代今晚住在医院里，明天早晨回来。

“要问是谁的孩子，这个没有必要讨论，一定是三郎的。”

“肯定没错。”

谦辅看到妻子对自己一点也不怀疑，感到一种从来没有的寂寥。在这一点上，他有些嫉妒已经死去的良辅。于是，他故意逗弄地说：

“要是我的呢？”

“开什么玩笑，我这个人就是不忍听这些浑话。”

千惠子像小女孩一样用两手手指捂住耳朵，大幅度地晃动着腰肢，怄起气来。这个真挚的女子，不喜欢这些充满世俗气的玩笑话。

“是三郎，肯定是三郎！”

谦辅也是这么看。弥吉已经没有平常人的能力了，只要看看悦子，就会豁然明白。

“到底怎么啦，悦子的脸色非比寻常呀！”他瞧着五六步前和弥吉并排而行的悦子的背影，压低声音说。从后面看，悦子像是稍稍耸着肩膀走路，一定是忍耐着某种感情的折磨。“看样子，她依然喜欢三郎。”

“这件事对悦子来说很是痛苦。她怎么会这般不幸呢？”

“正如习惯性流产一样，也有习惯性失恋。神经系统某个部分出了问题，每次恋爱总是落得个失恋的结果。”

“不过，悦子很聪明，如何掌握个人的情绪，她自己会拿主意的。”

“作为一家人，我们也该和她好好商量商量。”

这对夫妇就像只穿现成的制服又怀疑裁缝有无必要存在

一样，他们一方面对已经出现的悲剧感兴趣，一方面又怀疑造成这个悲剧的人物是否存在。对于他们来说，悦子依然是一组难解的文字。

十月十一日，一大早就下起雨来。由于潲雨，一度打开的百叶窗又关上了。而且，白天村里不送电。一排毗连着的仓库一般晦暗的房屋，伴随着夏雄的哭声，还有信子和着他的腔调半开玩笑的哭声，实在令人心情郁闷。信子因为过节没能去看热闹，一直在怄气，今天也不去上学了。

为此，弥吉和悦子难得地来到谦辅的屋子。二楼没有安装百叶窗，玻璃窗造得格外结实，雨点吹不进来。谁知一看，有个地方漏雨，下边放着一只盛有抹布的铁桶。

这次访问是划时代的举动。高筑门槛，将自己的生活封闭在狭小世界里的弥吉，从未到过谦辅和浅子的屋子。他在自己家里为自己设立了禁区。结果，一看到进来的弥吉，细心的谦辅诚惶诚恐，感激涕零，跑里跑外同千惠子一块儿准备红茶，这一切都使得弥吉心性陶然。

“不要张罗了，我们是来避难的。”

“真的不用麻烦了。”

他们学着小孩子玩开设公司的游戏，扮演着访问部下家庭的总经理夫妇的角色。

“一点也摸不透悦子的心思，她一直躲着坐在公公的后面。”

事后，千惠子说。

浓密的雨点封锁着四围。风息了，只有一派哗然的雨声。悦子转过眼睛，瞥见雨水顺着黝黑的柿子树树干，像墨汁一般流淌下来，她的心绪也因此封锁在单调而无情的、压倒一切的音乐之中了。这雨声不就像数万僧侣诵经的声音吗？弥吉在说话，谦辅在说话，千惠子也在说话。人的语言是多么无力、多么狡黠、多么徒然无益啊！枯燥、卑琐，而又对着某物伸展着脊背，多么繁忙！谁的语言也敌不过这无情的、强劲的雨声。要面对这雨声，要打破这雨声死一般的墙壁，只能靠那些不为这种语言所困扰的人的高声呼喊。那是一种不知语言为何物的单纯的灵魂的呐喊。悦子想起那映着篝火的红焰、打眼前飞奔而过的玫瑰色裸体的一群，想起他们充满青春活力的野兽般的号叫……就是要那样的呼喊，唯有那才是重要的。

悦子蓦然清醒过来，弥吉声音很大，在征求她的意见。

“对方要是三郎，应该如何处置美代呢？我以为这个问题取决于三郎。要看那小子对道义抱着什么态度。如果他一味回避责任，那么就不能将这类缺乏道义的人留在家里。让他走人，只留下美代。然后，即刻使美代堕胎了事。还有，假如三郎老老实实承认错误，答应娶美代，两人做夫妻，那就置之不管。这两种办法挑一种。你怎么看呀？我也许多少有些过激了，不过要根据新宪法行事啊。”

悦子没有回答。她嘴里只是似有若无地吐出个“这”

字，端丽的眼眸无意识地在空中形成一个焦点。雨声谅解她的沉默。尽管这样，谦辅依然认为悦子有些地方像个疯女子。

“悦子她很难说哪个办法好啊！”

他为她说情。

但弥吉断然给予漠视。他着急了。当着谦辅夫妻的面，让悦子两者之中选择一个，弥吉的这个胆略是出自一种切切实实的欲望：她要是庇护三郎，就只好答应他们结婚：相反，要是惮于大伙儿的情面，违心地谴责三郎，那就只能同意将他赶走。这可是个老谋深算的问题啊！弥吉要弄这种谦虚的权谋，要是被他过去的下属看到了，也会怀疑自己的眼睛吧？

弥吉的嫉妒毫不顶用。壮年时代的他，假若看到自己的妻子跟别的男人好上了，非猛烈地扇她一个耳光使她从妄念中醒悟过来不可。所幸，已故的妻子未曾泛起过这种聪明的妄想。这个女人倒有一个可爱的妄念，那就是一心一意对弥吉施行上流社会的教育。现在，弥吉老了，是来自内部的老。老得就像被白蚁从内部蛀蚀的鹰隼的标本。弥吉虽然感觉到悦子暗暗挚爱着三郎，但又不便采取过于强硬的手段。

看到这位老人眼里闪耀着极为贫弱的嫉妒之光，悦子反而频频感到自己体内蓄积的取之不尽的嫉妒的能力。这种“痛苦的能力”不管对谁都令她感到自豪。

悦子心境坦率，直截了当地说：

“最好我先去见见三郎，问清他的本意是什么。这比公公直接问他更好些。”

一种危险将弥吉和悦子置于同盟关系，这种同盟关系，不是世界上常见的那种基于同盟国的利益，而是基于嫉妒。

接着，四个人无所拘束地一直谈到中午。弥吉回屋吃饭，他让悦子将两盒上等的茅栗送到谦辅房里。

悦子准备午饭时，打坏了一只小碟子，手指也被烧了个小水泡。

照弥吉的说法，凡是软的都好吃，硬的都不好吃。他夸奖悦子会做菜，不是味道的问题，而是软硬的问题。

雨天，走廊边上的挡雨板也关闭了，悦子到厨房里做菜。美代煮好的米饭为了保温，没有盛进饭桶，就那么放在锅子里。美代煮好饭就走了。炭火已经熄灭，悦子从千惠子那里引来火种将要移到炭炉里时，不小心烧伤了中指。

一阵灼疼使得悦子烦躁不安。她总觉得，假如她喊叫起来，闻声而至的绝不会是三郎。弥吉也许会匆匆跑来，敞开的和服衣裾里，露出满是皱纹的难看的黄褐色小腿，问一声“怎么了”吧。要是悦子突然发疯似的狂笑起来，来的仍然是弥吉吧。他会将狐疑的眼睛眯成三角，没有和着她一同笑，只是极力探寻她狂笑的意味。他已经不是同女人一起开怀大笑的年龄了。然而，他却是她——眼下还决不可说年老——唯一的回应、唯一的反响。

五坪大小的厨房土间，一部分雨水已经蓄积着流进来，水洼里懒散地描画着玻璃门灰色的光影。悦子光脚穿着紧紧贴着皮肉的湿漉漉的木屐，一边用舌尖舔着烧伤的中指，一边呆呆地望着眼前的这些光影。她的脑里满是雨音。

尽管这样，日常生活还是挺滑稽可笑的。她的手似乎能放开活动了，她把锅架在火上，倒进去水，撒些糖，再把切成圆片的白薯放进去。今日午饭的食谱有糖煮白薯，用从冈町买来的绞肉做了一盘黄油炒嫩蘑肉糜，还有山药泥……这些都是悦子恍惚而又热情的劳动换来的。

她一面干活，一面无休止地徘徊于一个厨娘的幻梦之中。

“痛苦还未开始，不知为什么。痛苦真的还未开始。痛苦冻僵了我的心脏，使我的手指打战，捆住了我的双脚……我在这里做菜，我究竟算什么呢？我为何要干这些事情呢？我觉得，冷静的判断，命中要害的判断，情理兼备的判断，所有这些，还有好多好多对于我来说，直到很久的将来，似乎都能做到。美代妊娠，我的痛苦本该完成了，还缺少什么呢？为了完成痛苦，难道还要附加一些可怕的条件吗？

“只管服从我的冷静的判断好了。会见三郎，对于我来说是痛苦，而不是喜悦。然而不见三郎，我又活不下去。三郎不能离开这里。为此，应该让他结婚。和我？神经病！和美代，那个乡下姑娘，那个烂西红柿，那个臊臭的傻丫头？对！这样一来，我的痛苦也完成了。我的痛苦也就变得十分圆满，因而也就不会留下余绪。要是这样，我大概也会放下心来，也会有短暂的、虚假的安心到来。

就相信那个虚假的东西吧……”

悦子听见窗棂上白脸山雀的叫声。她把额头紧贴着窗玻璃，凝望着小鸟梳理濡湿的羽翼。小鸟那又白又薄像眼睑的东西包裹着又黑又亮的眼珠，看起来若隐若现。咽喉边散乱的羽毛不住抖动，从那里传出了令人心烦的鸣声。悦子仿佛看到视野外面有一种明亮的东西。雨势渐渐变小了，庭院尽头的栗树林里豁然明朗起来，犹如黑暗的伽蓝里忽地打开闪着金光的佛龛。

午后，天气响晴。

悦子跟着弥吉来到院子，将被雨水冲倒的玫瑰花的支架修整好。有的花朵倒伏在杂草丛中的浑水里，花瓣似乎经历过一番痛苦的挣扎，散落于水中。

悦子扶起一枝来，用细头绳缠在支架上。幸好没有折断。湿漉漉的花瓣触动了她的手指，这重量含蕴着弥吉的自豪。悦子的手指感触到一阵清凉，她出神地凝望着紧贴在手指上的殷红的花瓣。

然而，弥吉干起这种活儿，却显得闷闷不乐，一句话也没有。他穿着长筒雨靴和士兵裤，弯着腰一枝一枝将玫瑰花扶起来。他只顾闷声不响、面无表情地埋头出力，这种活儿只有那种血液里仍然不失农民脾性的人才干得来。这个时候的弥吉，也能讨得悦子的欢心。

三郎正巧从悦子眼前的石板小路走过，他打着招呼：

“对不起，我没有看到，我这就准备一下，马上来。”

“已经干完了，不用啦。”

弥吉也不瞧三郎，他说。

只见三郎戴着一顶硕大的草帽，下面那张黧黑的圆脸正冲着悦子微笑呢。破旧的草帽檐斜斜低垂下来，夕阳在额头上描画出明亮的斑点。他笑嘻嘻的嘴里露出洁白的牙齿，悦子看到那雨洗一般新鲜的银白，双眼苏醒似的站立起来。

“正好，我有话跟你说，一起到那边去吧。”

悦子以前从来没有当着弥吉的面大大方方跟三郎打过招呼，即使是这类光明正大、不怕弥吉知道的事情。不仅如此，单单从她的这句话里听起来，似乎就含有露骨的勾引的嫌疑。悦子一概无视紧接而来的那桩严酷的任务，只管凭着半醉半醒的心情道出自己满心欢喜的话语，她的声音里荡漾着一种不期而至的难以抑制的甘甜。

三郎狐疑地望着弥吉。悦子已经推着他的腕子，催促他沿小路向杉本家门口走去。

“你打算站着跟他说完那件事吗？”

弥吉从后头用半带惊讶的口气喊道。

“唉。”

悦子应着。她无意之中突然泛起的智慧帮助了她，使得弥吉失去偷听她和三郎之间谈话的机会。

“刚才你要到哪儿去？”

悦子首先问的是这么一句无关紧要的话。

“啊，正要去寄一封信。”

“什么信，能给我看一下吗？”

三郎将卷起来攥在手里的明信片老老实实给她看了。那是给乡下朋友的回信，字写得十分稚拙，只有四五行，简单地谈了些近况。

“昨天这里过节，我也是个青年人，出去疯狂了一阵子，今天实在累坏啦。不过，尽情地玩一玩，倒也挺痛快挺开心的呀！”

悦子缩起肩膀摇了摇，笑了。

“信写得很简单啊。”

她说着还给了三郎。听到这话，三郎露出不以为然的表情。

石板小路边上的枫树林，将雨后的水滴和夕阳的光点洒满在石板路上。有的树木下边的枝条已经长出了红叶，被风吹得微微颤动。踏上石阶，可以窥见刚才被树梢占据的广阔的天空。两个人第一次看到满天里鱼鳞状的云彩。

这无言的喜悦，这沉默着的难以形容的充实感，使得悦子感到内疚。为了终结自己的痛苦所获准的闲暇，却用来享乐，她觉得自己这样会招来人家的怀疑。她打算就这样永无休止地继续聊下去，而且再也不想触及那个关键的难堪的话题，难道她不正是这样的吗？

两个人走过小桥。小河涨水了，土黄色的水奔泻着，水里众多的水草顺着水势倾斜着露出头来。嫩绿的一片犹如浓密的头发若隐若现。他们穿过竹林走到小路上，雨后青翠的田野无边无际地展现在眼前。三郎停住脚步，摘掉草帽。

“好吧，我去一下。”

“去寄信吗？”

“嗯。”

“我有事找你，说完再寄信吧。”

“好的。”

“街道上会遇到好多熟人，这里见面不方便，到那边公路上去，边走边聊吧。”

“好吧。”

三郎眼里闪着不安的神色。平时冷冰冰的悦子，突然对自己如此亲切，他可是第一次觉得悦子的言语和身体都离自己很近。

他略显窘迫地将手伸向脊背。

“背上怎么了？”

悦子问。

“啊，昨晚节日典礼结束时，背后受了点伤。”

“很疼吗？”

悦子皱着眉头问道。

“不疼，已经完全好啦。”

三郎快活地回答。

小路上的淤泥和浸满雨水的杂草，弄脏了悦子和三郎光裸的脚踝。不久，小路变窄了，容不下两人并排而行。悦子走在前头，稍微提起衣裾。突然一种不安袭击着她：

三郎是否跟在自己的身后呢？她想叫他的名字，但不管是叫名字或回头张望，都是不自然的。

“后头有自行车？”

悦子转回头来，说道。

“没有。”

三郎迷惘的面孔出现在她眼前。

“是吗？好像听到了铃声。”

她低下眉头，三郎浑圆而硕大的赤裸的双脚和她的赤裸的双脚，一样沾满了污泥，这使悦子很感满足。

公路上依然看不见汽车的影子。而且，柏油路面早已干涸，只留下一些映着鱼鳞状云彩的水洼，像是用粉笔画的一条鲜明的直线，隐没于湛蓝夕空下的地平线那边。

“美代怀孕了，你知道吗？”

并排走着的悦子回头问道。

“知道，听说了。”

“谁告诉你的？”

“美代。”

“是吗？”

悦子感到一阵急遽的心跳。对自己来说，这个最为痛苦的事实眼看着不得不从三郎的嘴里听到了。这个决心的底层依然掩藏着错杂的希望，使她感到，说不定三郎心里有着充分而确凿的反证吧。比如，美代的对象是米殿的某个青年，这男子因为是个臭名昭彰的流氓，三郎经常规劝美代，但这种规劝她没有听进去……再比如，是同农业工会中已经结过婚的职员犯下的过错，等等。

这些希望和绝望，以一种现实化的姿影轮番在悦子的脑海里出现，各自撞击着她的心扉，致使那个当面要问清楚的触及核心的问题，无所限制地堵塞住了。沉浸在雨后清新空气中的无数快活的微粒子，忙着重新组合的众多跃动的元素，鼻腔里吮吸着所有这些东西，细细体味着渐渐泛红的面颊，他俩默默沿着空无一人的公路走了好长一段距离。

“美代的孩子，”——悦子突然说，“美代的孩子，父亲是谁呀？”

三郎没有回答，悦子等了一会儿，他还是没有回答。沉默，过了一定的时候就会带有某种意味。这带有某种意味的瞬间，悦子是很难等待下去的。悦子闭上眼睛，随即又睁开来。被责问的不正是她自己吗？悦子对着草帽下面印着顽固的阴影、一直沉默不语的脸孔睃了一眼。

“是你的吗？”

“啊，我想是的。”

“你想是的，意思是也可能不是的，对吗？”

“不。”三郎涨红了脸。他强装出来的微笑，只波及一定的范围就停止了。

“是我的。”

听到这句扫兴话，悦子紧闭嘴唇。她想，三郎的否定，哪怕是一句笨拙的谎言也是对她当然的礼仪，这种令人难以接受的回答使得仅有的一点希望也失去了。假如悦子果真在他心里占据着一定空间的话，他本不该做出这种彻底的坦白来的。经过谦辅、弥吉的判定，这个事实早已在她心中大致不言自明了。较之弄清三郎是否是孩子的父亲这件事来，她所想做的是，在三郎否定这一事实的羞涩与惶恐之中，再投入一笔更大的赌注。

“是这样，”悦子倦怠地说，语调显得有气无力，“那么，你爱美代吗？”

这是三郎最难理解的一句话。这句话似乎距离他本人极其遥远，属于特别定制的、奢侈的语汇。这句话里有些剩余的东西，不切实和超越限度的东西。虽然他自己和美代有着亲密的关系，但这种关系未必能长久存续下去。犹如一块磁铁，它只能吸引置于半径以内的东西，离开半径以外就不能再受其吸引了。

“爱”这个词在这样的关系中是很不妥当的。他预感到弥吉或许会拆散他和美代的友情。然而，这种预测并未给他带来苦恼。即使有人告诉她美代妊娠，这位青年园丁从来没有过为人之父的自觉。

悦子的诘问逼使他做出各种回忆。悦子来米殿一个月后的某一天，弥吉吩咐美代到仓库里拿铁锹。铁锹夹在仓库尽头，很难抽出来。她喊三郎，三郎到那里拿出了铁锹。当时，美代看到三郎用力向外抽，她大概想为他鼓劲，一头钻进他的膀子底下，抵住铁锹下面的破桌子。三郎于一股霉味之中，闻到美代脸上雪花膏浓烈的香气，他把抽出的铁锹交给她的时候，她没有接，只是蒙眬地抬眼望着他。三郎不由得伸出胳膊抱住了美代。

那就是爱吗？

梅雨就要过去了，那是囚徒般压抑的季节将尽的日子，三郎被一种灼热的焦躁所驱使，他一阵冲动，赤脚跳出窗外，冒着深夜的大雨，绕过半边院子，去敲美代卧房的窗户。他那早已习惯于黑暗的眼睛，清晰地辨认出玻璃窗内美代那张闪闪泛白的睡脸。美代睁开眼来，看到站在窗外窥视的三郎的面影和那一口洁白的牙齿。这位平素动作缓慢的少女敏捷地踢开被子，跳下床来。她睡衣的前襟敞开着，一侧的乳房裸露出来。极富弹性的乳房充满弓一般的张力，抑或那一侧敞着的衣襟正是乳房坠开的。美代小心翼翼打开窗户，不发出一点声响。两人对望了一下，三郎默默指指沾满泥水的双脚，她立即去拿抹布。然而，她让他倚在窗台上亲自为他擦脚。

那就是爱吗？

三郎刹那间品味着这一连串的往事。他只是想得到美代，似乎没想到什么爱。他整天考虑的是，地里要锄草了，还幻想着要是再打起仗来，他决心志愿参加海军，去冒一次险。他还幻想着天理教的各种预言能够变为现实，想象着世界末日到来时甘露台上天上降下甘露的那一天，还有愉快的小学时代在山野奔跑的情景，以及等着开晚饭的心情。他心里想着美代的那一瞬间，占不到他全天的几百分之一。他只是想得到美代，就连这种认识也十分模糊。这就和吃饭一样。那些暗暗同自己的欲望作斗争的所谓经验，同这位健康的青年无缘。

由于这些缘故，三郎对于无法理解的问题，表现出短暂思考的样子，之后，他疑惑地摇摇头。

“不。”

悦子怀疑自己的耳朵。

她的脸上闪过一丝喜悦，简直令人想起那涨满痛苦的面容。三郎看到阪急电车隐隐约约地从林间疾驰而过，他的视线完全集中到那里了，没有注意此时悦子的表情。假若他看到了，当觉察自己的话语莫名其妙地给悦子带来如此剧烈的痛苦，他一定会惊讶万分，赶紧推翻自己的原话的。

“你不爱……”悦子仿佛在慢慢品味自己的喜悦似的说。

“你这是真的……”悦子说着，她用尽心思不使三郎推翻刚才说过的话，诱导他再确实地说一次“不”字，“不爱也没有什么大不了的，你说说你真正的心思。真的不爱美代，是吗？”

三郎并未留意她重复的话语。

“爱？不爱？多么烦琐，无味！少奶奶净是把这些小事当作翻天覆地的大事，不停地挂在嘴边。”他的手深深插入裤兜，里面有几片鱿鱼干，是昨夜从节日筵席上拿的。“我要是在这里吃起鱿鱼干来，少奶奶又会摆出一副怎样的表情呢？”看到悦子满心郁闷，他很想逗逗趣，使她高兴起来。三郎用指尖儿夹起一片鱿鱼干，轻轻向上一抛，像顽皮的小狗一样，顺势用嘴接住，天真地说：

“是的，我不爱她。”

即便爱传话的悦子，到美代那里告诉她“三郎他并不爱你”，美代也不会感到惊奇。这对直来直往的恋人，从来不谈爱与不爱这类烦琐的问题。

漫长的苦恼使人变得愚蠢。因苦恼而变得愚蠢的人，已经不再怀疑欢乐。

悦子站在这里琢磨着一切，不知不觉信奉起弥吉之流的正义来。她认为，正因为三郎不爱美代，他必须和美代结婚。而且，她躲在伪善者的假面的后边，将“致使不爱的女子怀孕生子的男人的责任，就是同她结婚”这条道德的判断强加在三郎头上，并因此而感到庆幸。

“你这个人表面上看不出，原来是个坏蛋。”悦子说，“你使得不爱的女人生孩子，你就必须同她结婚。”

三郎用尖锐而动人的眼睛回望悦子。为了压倒他的视线，她增强了语气：

“不准说个不字，家中自古一直有着理解青年的家风，但不允许不正当的行为发生。你们结婚这是老爷的命令。那就准备结婚吧。”

三郎面对这个想不到的结果目瞪口呆。他只是想到弥吉会拆散他们两人的友情，不过，结婚这也很好，他稍稍想到了那个爱挑三拣四的母亲。

“我跟母亲商量之后再决定吧。”

“你是怎么打算的？”

悦子想通过自己的说服，使得三郎答应下来。

“如果老爷让我娶美代，我就娶。”

三郎说。不管怎样，对于他来说都没有什么了不起。

“这样我也就卸包袱了。”

悦子爽朗地说。问题就这样简单地落实下来了。

悦子为自己亲手制作的幻影所欺骗，又沉醉于因自己的逼迫，三郎不得不违心地和美代结婚的幸福之中。如此的酩酊之中，难道没有一个背负爱情伤痕的女子自暴自弃而饮下的苦酒吗？这不正是为了由沉醉寻求自失、由梦境寻求盲目，故意为寻求愚蠢的判断而饮下的酒吗？这种强制性的酩酊，不正是为了主动躲避伤害，根据那些随意编造的故事而一手策划的吗？

“结婚”这个字眼，对于悦子来说无端的可怖。她把这个犯忌的词一手交给弥吉处置，她要使弥吉为自己的专制命令承担责任。犹如一个孩子躲在大人背后，战战兢兢窥看一场可怕的表演，在这一点上她只好依靠弥吉。

从冈田车站向右拐向公路，他们在岔路口遇见两辆高级轿车迎面驶来。一辆银灰色，一辆浅蓝色，都是四八型的雪佛兰。汽车发出天鹅绒般柔和的音响，迂回了一下，从二人身边擦过。前面一辆，满载着兴高采烈的男女，从悦子身边经过时，驾驶台收音机里传出的爵士乐飘然流过耳畔。后面一辆，司机是日本人，晦暗的座席上坐着一对猛禽似的上了岁数的夫妇，金发，鹰目，悄然不动。

三郎张开薄唇，叹了口气，目送汽车远去。

“他们是回大阪吧？”悦子说。

于是，遥远的大都市由各种音响混合而成的一阵阵喧嚣乘风而至，震动着悦子的耳膜。

即便到那里去也不会有什么意义，悦子明白这一点，她不会像乡下人那样向往都市。不过，都市总有一些可以观望、可以怀想的建筑。那些奇伟的建筑也不能吸引住悦子。

悦子殷切希望三郎挽住她的膀子，倚在他那镶着一圈金色汗毛的臂腕里，沿着这条道路永远走下去。

不知不觉，两人走到大阪，身处于斑驳陆离的城市中央。无意之中，两人被人流推拥着向前走去。定睛一看，环顾周围，错愕良久。这一瞬之间，也许悦子真正的生活从此开始……

三郎挽过悦子的臂膀吗？

这个麻木的青年，对这位和自己肩并肩默默前行的年长寡妇颇显厌倦。他仅仅好奇地瞥了一眼她那奇特的发髻。那是她为了自我欣赏，每天一早精心打造、仔细梳理、芳香四溢的发型。他做梦都不会想到，这位看起来冷冰冰、以势压人的女子，内心里却隐藏着少女般的妄想。他唐突地站住，向右转弯。

“该回去了吗？”

悦子抬起哀怨的眼睛。那莹润的眼，神犹如映着傍晚的天空，闪耀着淡淡的蓝光。

“已经很晚了。”

他俩意外地来到很远的地方。遥远森林的背后，杉本家的屋顶在落日里闪耀着光芒。

两人到达这里，约略走了三十分钟。

从此以后，悦子真正的痛苦开始了。这是经过百般准备、周到齐全的真正的痛苦。奋斗一生，当事业有成，却不幸罹患不治之症而死去，竟然也有如此命途多舛的人啊！在旁观者眼里，他耗尽心血，努力一生，是为了事业成功呢，还是为了住进医院特等病房，悲苦而死呢？两者很难分辨。

悦子打算耐心地、执拗地、高高兴兴地等待美代的不幸，美代的不幸将如霉菌一般繁衍，腐蚀全身，等待着那没有爱的婚姻同悦子一样陷入破灭。（要是能亲眼看到，悦子就是搭上自己的一生也在所不惜。如果要等到满头白发，那也就心甘情愿地等下去。）她打算盯住不放，一直坚守。三郎这个负心汉，未必会喜欢悦子。总之，悦子只要看到美代失去希望，因烦闷、苦恼、疲惫而彻底垮掉就行……

但是，她的如意算盘明显落空了。

弥吉根据悦子的汇报，公开了三郎和美代的关系。碰到那些风言风语的村里人问起来，就公开说明他们两个要做夫妻的。基于家中的规矩，两人的住房依然像原来一样隔开，但一周允许他们同居一次。两周后的十月二十六日，三郎去参加天理教的秋季大典，顺便同母亲商量之后，便由弥吉做媒，准备举行婚礼。弥吉怀着一股热情统领这件婚事。他带着从来没有过的蔼然长者的微笑，以一副过于通情达理的态度，十分宽容地对待三郎和美代的交情。不用说，弥吉这种崭新的态度里，始终意识到悦子的存在。

多么漫长的两周啊！悦子想起从前那个从晚夏到秋天的许多不眠之夜。丈夫几夜未归，令她痛苦非常，那种情景依然历历在目。白天里听着附近的脚步声，心情烦乱，想去给他打电话，又临时泛起踌躇，时光就这样过去了。有几天，她粒米未进，喝了点水就躺在床上了。一天早晨，她喝了水感到体内一阵冰冷，忽然想到服毒。一想到毒药那白色的结晶体和水一起静静渗进组织的快感，悦子就陷入一种恍惚状态，随后，丝毫不觉悲伤的眼泪滂沱而下……

出现了和当时同样的征兆，一种难以说清楚的寒战，发作时手背也出现鸡皮疙瘩。这种寒战不就是牢狱里的寒战吗？这种发作不就是罪犯的发作吗？

以往，良辅不在令悦子感到痛苦；如今，三郎在眼前，给悦子带来痛苦。今年春天，三郎去天理教不在家，他的外出对于悦子来说，比起每天看到他更能激起亲密的情绪。然而，她如今被捆住了双手，连用手指触及一下都不允许，她只能眼睁睁看着三郎和美代亲亲热热。这是一种残酷的令人毛骨悚然的刑罚，也是她自己招来的刑罚。她恨自己没有选择赶走三郎、让美代打胎的办法。悔恨几乎使得悦子失去容身之地。她不想放掉对三郎的欲望，"互为表里"，竟也获得了恐怖和痛苦的报偿！

但是，这种悔恨之中，难道没有悦子的自我欺骗吗？这果真是一种和期待"互为表里"的痛苦吗？这难道不是预料中的当然的、她自己也明知这一点甚至是她所希冀的痛苦吗？就在不久前，悦子不是还希望自己的痛苦不留任何余绪吗？

十月十五日，冈町的水果市场开张，品质好的要运往大阪。十三日幸好是晴天，大仓全家也来了，杉本全家人一起忙着采摘柿子。今年的柿树，比其他果树长势旺盛，结的柿子特别多。

三郎爬上树，树枝上吊着篮子，每当篮子满了，美代就等在树下，准备为他另换一只。树干剧烈地摇晃着，从下面仰望，透过枝叶可以窥见炫目的蓝天，似乎眼看就要摇晃起来。美代仰头望着三郎的脚板，在浓密的枝叶之间动来动去。

"已经满啦！"三郎说道。

盛满颜色鲜艳的柿子的篮子，碰撞着下边的树枝，渐渐落到美代高举的双手之中。美代毫无表情地把篮子放在地面上。她穿着扎染的劳动裤，叉开双腿站在那里，接着又把空篮子送往树顶。

“不上来吗？”

三郎一声吆喝。

“好的。”

美代话音刚落，就以惊人的速度上了树。

此时，悦子扎着头巾，系上背带，挎着一摞空篮子打这里走过。她听到了树上娇滴滴的声音。美代正向树上爬，三郎阻挡她，还嬉笑着从树枝上扒开她的手。美代一边呼叫，一边抓住眼前的三郎的脚踝。他们根本没有看到掩映于树丛间的悦子的身影。

其间，美代咬了三郎的手，三郎笑着叱骂。美代一气之下登上比三郎那根树枝更高的树枝，摇着身子踢踏他的脸，三郎伸手按住她的膝盖。这段时间树枝摇晃得很厉害，过了这一阵，缀满柿子和浓密的叶子的枝头，犹如被轻风吹拂，微微震颤着，渐渐传向相邻的枝梢……

悦子闭上眼，离开那里。她的脊背上像浇了一盆冰水。

玛吉在吼叫。

谦辅在厨房门口铺了一领草席，和大仓老婆以及浅子一起分选柿子。他总能很快找到一项坐着不动就能完成的活儿干干。

“悦子，柿子呢？”

谦辅跟她打招呼，她没有应。

“怎么啦？你脸色发青啊！”

他又叫了一声。悦子依然没有回答，她穿过厨房，到后面去了。自己也没有觉察，竟然走到椎树荫下了。她把空篮子放在树下的草地上，蹲下身子，两手捂着脸。

吃晚饭时，弥吉停下筷子，满心高兴地说：

“提起三郎和美代，简直就像两只小狗啊！美代大吵大嚷说背上有蚂蚁爬，她当着我的面不管怎么嚷嚷，捉蚂蚁的差事怎么也该轮到三郎去干呀！这不是明摆着的吗？三郎这小子，嫌麻烦，拉长了脸皮去了。那副面孔全是做戏哪，连猴子都学得来。听说他的手在她背上不管伸得有多长，都没有找到蚂蚁。本来有没有蚂蚁，都值得怀疑。美代那丫头，她痒得直发笑，她笑得前仰后合。有人说，笑得过火会引起流产，你听说过没有？可照谦辅的说法，爱笑的母亲的孩子，在肚子里得到充分的按摩，产后婴儿会很健康。是真的吗？”

这段逸闻和悦子亲眼看到的树上的情景前后相映，使她感到周身受到针刺一般疼痛。不仅如此，她的脖颈仿佛被冰枷嵌住一般难受。悦子精神上的创痛，如泛滥的河川淹没田地，徐徐蔓延到身体各个领域。这很像是精神耐不住上演的戏剧时所发出的危险信号。

“怎么样？眼看就要沉船了，你还不赶快呼救？精神这条船被你用得太残酷啦，一个人主动丧失了最后求救的依靠。到头来，只能靠肉体的力量下海游水了。那时候，你的前头只有死亡。对此，你不介意吗？”

痛苦，依旧可以改写成这样的警告。她的有机体，也许于临终的刑场失去了精神的支柱。不快像是一个玻璃球，从心底升上喉头。不快使她头脑昏沉，疼痛得像要炸开来……

“我决不呼救。”

她思忖着。

一味盲目地认为自己是幸福的，为了寻求根据，如今的悦子需要一种凶暴的理论。

“要把一切吞噬……要对一切闭着眼睛给予承认……要津津有味地吃下这份痛苦……淘金者淘上来的不全是金沙。有的人还不愿淘金呢。一股脑儿从河底捞上来沙子，其中也许有金沙，也许没有金沙。不管有还是没有，事前谁都没有选择的权利。不去淘金的人，依然只能停滞于贫穷的不幸里。”

悦子进一步思考着。

“这样一来，更可靠的幸福，就是全部吸干注入海洋的大河的流水。我也是这样过来的，今后还要这么干。我的胃袋一定能承受得住！”

这种无限的痛苦，以致使人相信承受痛苦的肉体不灭。这难道是愚蠢的吗？

开市前一天，大仓和三郎到市场发完货之后，弥吉将散落的绳子、纸屑、草秆儿、破碎的笊篱和落叶扫到一起，点火烧了。然后，他叫悦子守着火堆，自己转身继续打扫剩下的尘埃。

这天傍晚，上了浓雾。薄暮和雾霭模糊一片，很难分辨。黄昏似乎也来得很早。烟熏般的忧郁的落日散放着迷离的薄明，灰雾似的吸水纸面蓄积着一点闪光的珍珠般的残滴。弥吉不知怎的，稍微离开悦子身边一点，就觉得不安。也许是雾的缘故，离开四五米远，她的姿影就模糊难辨了。焚火的颜色在雾中十分美丽。悦子伫立着，用耙子将纷乱的草秆儿慢慢耙到火堆旁边。火焰在她的手下妩媚地燃烧着……

弥吉围绕悦子随意画着圆圈，将尘埃扫向悦子附近，随即又画着圆圈离开了。每接近一次，就若无其事地偷看一下悦子的侧影。她停下机械地舞动着耙子的双手，尽管还不怎么寒冷，也把手伸向火堆上烤着。这时，一只破篮子毕毕剥剥燃烧起来，腾起高高的火焰。

“悦子！”

弥吉扔下扫帚跑过来，将她的身子从火堆旁拉开。

悦子在火上炙烤手心的皮肤。

这烧伤远不是上次中指那点烧伤所能相比。她的右手暂时不能做事了，掌心柔软的皮肤变成一片火泡。这只涂满油膏、裹上几层绷带的手，使得悦子疼痛难忍，彻夜不眠。

弥吉心怀恐惧回忆起她那瞬间的姿影。她无所畏惧地凝视着烈火，无所畏惧地将手伸进火里。悦子的这份平静是从哪里来的呢？那顽固的雕塑般的平静！委身于各种纷乱感情中的这位女子，刹那之间从所有纷乱的感情里获得了自由，这是几乎近于倨傲的平静。

照那样下去，悦子也许不会被烧伤。抑或是弥吉的呼喊使得悦子从一种只有在灵魂的假寐中才有可能取得的平衡之中苏醒过来，这时她才烧伤了掌心吧？

看到悦子手上的绷带，弥吉感到惶恐不安。他以为那是他自己受的伤。她绝不是一个疏忽大意的女子，平时沉着得有点让人害怕。悦子的受伤绝非一般。她先是中指缠上小绷带，弥吉问她怎么了，她微笑着说，烧伤了。那该不是自己主动烧伤的吧？那绷带刚解去不久，手掌上又缠上了更宽的绷带。

弥吉青年时代曾发明一套自家之言，自鸣得意地向朋友宣讲。他认为，女人身体的健康建立在多种疾病之上。他的一个朋友和坦白自己得了原因不明的胃病的女子结了婚，婚后妻子的胃病很快好转，这才放下心。谁知，一进入倦怠期[1]她又患上了偏头疼，频频发作。他苦恼之余，突然心血来潮，开始玩女人了。妻子发现这个情况，偏头疼也霍然而愈了。没想到，未婚时代的胃病又犯了，一年后确诊为胃癌，死去了。这女人的病，多少是真，多少是假，很难弄清楚。你说她装假，她也许会突然生孩子，或者突然死掉。

“再说，女人的粗疏总是有原因的。”弥吉认为，“年轻时有个放荡的朋友姓辛岛，这家伙的老婆打从丈夫开始放荡时候起，每天总要失手打碎一只盘子。这是纯粹的粗疏，

1 指夫妻生活进入互相厌倦的年龄段。

据说她根本不知道丈夫的放荡行为。对于自己手头上的无意的失态，她每天都天真地感到惊讶。这就像“盘子屋”[1]里的那位阿菊，因粗疏而打碎盘子一样。真有意思！”

就是这个弥吉，有一天早晨用竹扫帚打扫庭院，手指上扎了刺，这是从未有过的事。他置之不理。过一阵子，有些化脓了。不觉之间，脓流出来了，好得干净利索。弥吉讨厌药，他不涂药。

白天旁观悦子的苦恼，夜里她在身边彻夜不眠。随之，弥吉也逐渐增加了夜间的爱抚。是的，弥吉看到悦子嫉妒三郎，他也嫉恨起三郎来了，同时又对悦子毫无用处的单相思感到嫉妒。不过，他对于自己多少能给自身一些刺激的嫉妒之心，反而觉得有几分庆幸。

因此，他故意夸大三郎和美代的关系，不动声色地折磨悦子，这时，弥吉感到一种奇妙的亲爱之情，也可以称作“友爱”。他之所以缄口不语，是害怕这种游戏超过限度，会失掉悦子。这段日子，她对于弥吉来说不可缺少，就像一种罪过或恶习，她已经成为他不可或缺之物。

悦子是美丽的疥癣。弥吉这种年龄，为了感受奇痒，疥癣就成为一种必需品。

弥吉为了稍稍给她些安慰，便开始控制关于三郎和美代的传言。但这样一来，悦子反而坐立不安了。

她怀疑是否发生什么事，故意瞒着不告诉她。究竟又有

1 原文为“皿屋敷”，日本古代传说故事。一个名叫阿菊的女子，不慎打碎主人收藏的一只盘子，惨遭杀害，尸首被投入井中。她的亡灵每日都在悲伤地数着盘子。

些什么更严重、更恶劣的事态呢？这种疑问是那些不知嫉妒为何物的人的疑问。嫉妒的热情不为事实的证据所动，这一点不失为近乎理想主义者的热情。

隔了一周才洗一次澡，弥吉首先入浴。平素他和悦子一道洗澡，因为感冒，悦子不想入浴，弥吉只好一个人先洗。

碰巧，杉本家的女人全部集中在厨房里了。悦子、千惠子、浅子和美代，还有信子，各人都在洗自家的碗筷。悦子患感冒，脖颈上围着白绸子围巾。

浅子难得地谈起尚未从西伯利亚回国的丈夫：

“说起信，八月来过一封，此后就没了。他不大会写，没办法。不过，一星期寄来一封总可以吧？论起夫妻间的情分，虽说用语言文字说不清道不尽，但他们不肯用语言文字表现出来，我认为这是日本男人的缺点。”

千惠子想象着，这时佑辅也许正在户外零下几十度下的冻土地干活儿，要是被他听到了，一定觉得可笑吧。

“不过，即便一周写一封，也不一定全能收到。说不定佑辅每周都在写呢。”

“真的？那么，没有收到的信都寄到哪儿去了？”

“一定是发给苏联的寡妇们了。”

这个玩笑刚说出口，千惠子就觉得会使悦子感到难堪，多亏信以为真的浅子傻乎乎的反问打了个圆场。

“是吗？她们也看不懂日语信啊！”

千惠子听罢，就帮悦子洗东西去了。

“绷带会弄湿的，我帮你洗吧。”

“谢谢。”

其实，叫悦子离开洗涤盘盏这种机械式劳动，她确实有点受不了。变成一种机器，几乎是她近来肉感的欲望。手上的烧伤一旦痊愈，她将要把拆洗的弥吉和自己的秋季夹袄迅速缝制好。她的针线活儿远近闻名，干得比谁都利索。

厨房里点着一只昏暗的二十瓦的裸灯泡，从被煤烟熏黑的天花板的屋梁上垂挂下来。女人们面对着影影绰绰的水池洗洗涮涮。悦子靠着窗棂凝神注视着正在洗锅的美代的背影，粗糙的褪色的毛纱腰带，紧裹着灰暗的隆起的腰肌，眼看就要下蛋了吧？这个健康的小女子，没有过一次妊娠反应。整个夏天，美代都套着一件宽大的短袖长服，也不知剃去腋毛。一到流大汗的时候，就当众掏出毛巾到胳肢窝里擦上几把。她那腰间像成熟的果子一般坚实，还有那悦子也曾一度拥有过的弹簧似的曲线，以及注满水的花瓶般的厚重感……所有这一切都是三郎创造出来的。是那位青年园丁圆满播种、精心培育而成的。这个女人的乳房和三郎的胸脯因汗水而紧紧贴在一起，宛若早晨带着朝露的鬼百合，花瓣粘着花瓣，分也分不开。

忽然，悦子听到弥吉在浴室里大声呼喊。浴室连着厨房，三郎在外面负责烧火。弥吉是在和三郎搭话。

那令人心烦的过于响亮的水声，听起来反而使人联想到弥吉瘦骨嶙峋的肉体。他凹陷的锁骨窝里储满了热水，流不出来。

弥吉嘶哑的嗓音在天花板上回荡，他在招呼三郎：

“三郎，三郎！”

“在这儿哪，老爷！”

“要节约木柴，打今天起，美代和你一起洗澡，要快点出来。分开洗，太花时间啦，还要多添一两根木柴。”

弥吉洗罢，接着是谦辅夫妇，然后是浅子和两个孩子。悦子突然提出也要入浴，这使弥吉甚感意外。

悦子全身泡在浴槽里，伸着脚尖儿探索着塞子。剩下没洗的只有三郎和美代了。热水浸到悦子的面颊，她伸长那只没有缠绷带的胳膊，拔掉了浴槽塞子。

她的这种行动既没有特别的理由，也没有什么目的。

“我决不允许三郎和美代一起入浴。”

正是出于这种因由，促使悦子不顾感冒而入浴，并拔掉了浴槽塞子。

浴室是弥吉最为讲究的处所。桧木的四方形浴槽，桧木脚垫子，占据着四铺席的空间。浴槽宽而浅，拔掉塞子，水就被排水口吸进去。一听到那小贝壳般的鸣叫，悦子也出人意料地浮现出满足的微笑，任由两眼望着黑乎乎的水流。

“我究竟干了些什么呀？这种恶作剧又有什么意思？不过，孩子们玩恶作剧，自有他们真正的道理。孩子们要吸引对他们漠不关心的大人们的注意，只有靠这个世界上唯一的办法，那就是恶作剧。孩子感到自己被抛弃了，孩子和单相思的女人同样都居住在被抛弃的世界，那个世界的居民无意之中都变得很残酷，就是这个道理。”

水的表面浮着微细的木屑、脱落的毛发和云母般的肥皂油，缓慢地绕着圆圈。悦子露出肩头，两只腕子担着浴槽边缘，将脸庞靠在上面。不一会儿，肩膀和手臂很快沥干了水。适度的水温泡得身子暖洋洋的，在昏暗的裸露的电灯泡下，放出滑腻的、略带慵懒的光泽。悦子的面颊体验着两只光洁臂膀上的弹力，从中感到一种极大的浪费、屈辱和徒劳。浪费啊！浪费啊！浪费啊！她自言自语。这温热的肌肤含蕴的青春以及过剩，宛如看着盲目而愚蠢的动物，使她感到非常恼火。

悦子的头发高高卷起，别了一只梳子。天花板上的水珠不时滴落在头发和脖子上，然而，她一直将脸埋在胳膊里，没有着意躲避冰凉的水滴。水珠有时滴在伸到浴槽外缠着绷带的手上，迅速地渗了进去。

水徐徐地、极其缓慢地流入排水口，触摸着肌肤的空气和热水的分界线，像是舔舐着悦子的肌肤，痒酥酥地渐渐由肩头滑向乳房，由乳房滑向腹部。这纤细的爱抚之后，一种紧缩的肌肤的寒冷包裹着全身。眼下，她的脊背就像冰块。热水迅疾地卷着旋涡，从腰肢周围渐渐消退……

“这就是所谓死，这就是死啊！”

悦子不由得想大声呼救，她愕然地从浴槽里站起来。这时，她发现自己赤裸裸跪在空荡荡的浴槽中央。

悦子在回弥吉房间的走廊上遇到美代，她朗声揶揄道：

“哎呀，我忘记啦，你们还没有洗呢。我把热水给放掉啦，真对不起。”

美代没有理解被很快说出的这一段话的含义，她停住脚步，没有回答，盯望着悦子没有一点血色的颤抖的嘴唇。

当晚，悦子发烧，在床上躺了两三天。第三天，才接近正常体温。这第三天，就是十月二十四日。

病愈的倦怠使她沉迷于一场午睡之中。醒来已是夜阑时分。弥吉在一边打呼噜。

房柱上的挂钟敲响了十一点，那舒缓的不安的音色，玛吉的远吠，还有这种被抛弃的无限反复的夜……悦子被一种非比寻常的恐怖袭击，她喊醒了弥吉。弥吉从被窝里抬起裹着方格蓝花纹睡衣的肩头，接着，十分拙笨地握住悦子伸过来的手臂，天真地叹了口气。

“请不要松手啊！”

悦子恍惚地凝视着天花板上奇怪的花纹，这样说道。她不看弥吉的脸。弥吉也不看悦子的脸。

“唔。”

接着，弥吉的喉咙管里响起咝咝啦啦的痰的声音，他沉默着，伸手从枕畔拿来纸，吐出嘴里的浓痰。

“今夜美代睡在三郎的房间里了吧？”

过了一会儿，悦子问道。

“不。”

“你瞒我，我也知道。他们干些什么，我不看也明白。”

“明天一早，三郎要到天理教去。后天是大庆典。出门前的晚上，有那种事儿，也是没办法的嘛。”

“是啊，是没办法。”

悦子放开手，蒙着睡衣唏嘘起来。

弥吉被置于不明不白的立场上，他感到困惑。为什么不会生气了呢？是什么原因使他丧失了怒气呢？这个女人的不幸使得弥吉也抱有同案犯的亲密感，这到底是怎么回事呢？他用干哑的温存的嗓音，装着半睡半醒的样子，对悦子述说着。在用这种梦呓企图蒙骗女人之前，弥吉先蒙骗了自己的判断，那种不指望解决任何问题的暧昧的海参般的判断。

“我说你呀，来到这个寂寞的乡间，容易心情烦躁，胡思乱想。我老早和你说过了，等到良辅一周年忌，一起到东京扫墓去。我已经委托神阪君把近畿铁道的股份卖掉，要想享受一下，可以坐二等车。但还是要节约旅费，到东京好好玩。好久没看戏了，到了东京总得享享福啊……但是我的理想比这些更多，我呀，想离开米殿搬到东京，还想东山再起哩！我过去的两三个朋友，都在东京官复原职了。像宫原那种不明义理的人又当别论，其余都是可以信赖的人啊。所以，我到东京之后，想见见两三个人……下这样的决心也是不容易的。我的这些考虑，都是为了你啊。只要你好，就成。你的幸福就是我的幸福。我住在这座农园，本来已经心满意足了，你来了之后，我的心情多少也像年轻人一样，变得不安分啦。”

“什么时候出发？”

“乘三十日的特快怎么样？就是‘和平号’呀。我和大阪车站站长很熟，这两三天，我就到大阪去托他买票。”

悦子巴望从弥吉口里听到的不是这些，她考虑的是另外的事。这种巨大的落差，使得悦子的心都冷了。她真想跪在弥吉面前，恳求弥吉助她一臂之力。她后悔刚才不该伸出自己热情的手。这只手解去绷带之后疼得就像火燎一般。

“去东京前，我想求您办一件事，趁着三郎到天理去不在家，把美代撵出去。”

“你怎能这样无理取闹啊！”

弥吉不感到意外。一个病人，大冬天想看夏季的旋花，有什么好奇怪的。

“辞掉美代，又能怎么样呢？”

“只因为有个美代，我才生了这场大病，才这样痛苦。这还不算倒运吗？哪有把一个害得主人生病的用人留在家里的呢？照这么下去，我也许会死在美代手里的。您要是不把美代赶走，就等于借刀杀人。不是美代，就是我，两个人总得有一个离开这个家。您要是想叫我走，那好，明天我就到大阪找工作去。”

“不要夸大事实嘛。美代她没有错，硬把她赶走，对大家说不过去啊。”

“那好吧，我走。我再也不想待在这里啦。”

"所以我说要搬到东京去嘛。"

"同公公一起去，对吗？"

这句话虽说不含有任何特别的意味，但对于继续听下去的弥吉来说，搅得他有些不得安宁。这位穿着方格花纹睡衣的老人，不想让她再说下去，就从自己的被窝一点点挪向悦子身边。

悦子用睡衣裹紧身子，不让弥吉靠近。那双毫不动摇的眸子，被弥吉的眼睛从正面凝视着。她一言不发，没有憎恶和怨恨，没有爱恋和哀诉，她睁着两只滚圆的眼珠子，使得弥吉不寒而栗。

"不行，不行。"

悦子的声音很低，不含什么感情。

"不辞去美代，就不答应。"

悦子是在哪里学会这种拒绝的呢？生病前，当她觉察到弥吉像一架破机器向自己一点点靠近的时候，总是立即闭上眼睛。一切都在闭着眼睛的悦子周围，在她的肉体周围进行着。对于悦子来说，所谓外界的事，也包括在自己肉体上进行的事。悦子的外部自哪里开始呢？能够分辨这种微妙操作的女人内部，甚至包含着被幽闭、被窒息，像炸弹一般的潜在力。

因此，弥吉的狼狈相，在悦子看来显得颇为滑稽。

"任性的姑娘，叫人真难对付，那就照你的办吧。如果你想趁着三郎不在，把美代赶走，那就赶走好啦。不过……”

“您说三郎？”

“恐怕三郎也不会老老实实留下来的。”

“三郎会走的。”悦子明确地说，“他肯定会随美代而去的。他们二人相亲相爱……我之所以要把美代撵走，就是想叫三郎在没有任何人的命令下，自动离开。对于我来说，最好的结果是三郎离开。可是，要叫我自己亲口提出来，那就太难为情啦！”

“我们终于取得一致意见啦。”

弥吉说道。

这时，通过冈町站的末班快速电车的汽笛声在夜晚里回荡。

照谦辅的说法，悦子的烧伤和感冒属于逃兵役之类。他笑着说：“我是逃兵役的老手，我的话没有错。”不管怎样，悦子免除了劳役，妊娠四个月的美代也不能参加劳动，杉本家仅有的二亩稻田的收割、挖薯、锄草还有采摘水果等活计，今年都沉重地压在谦辅的肩上了。他照旧不住地嘀嘀咕咕，干起活来懒洋洋的。农地改革前，作为自留地的这块巴掌大的田地，如今也不得不交售公粮了。

三郎推迟去天理教的行期，拼命干活。水果大体收获完了。趁着空儿，又忙着挖薯、秋耕和锄草。这类秋高气爽天气下的劳动，太阳晒黑了他的肌肤，造就了一位老成持重的小伙子。留着短发的头部，健壮得像一只小公牛。村里不认识的姑娘们给他写情书，诉说相思之苦，而他把信念给美代听。再有别的姑娘写信来，他就不再让美代知道了。不是他故意隐瞒，他也不会去赴约，甚至连信也不曾回。老实木讷的性格使得他保持沉默。

不过，对于他来说，总算是新鲜的经验。只要三郎想到自己也有人爱，那么对于悦子来说，这就是个重要的契机。三郎开始漠然地思考自己给予外部的影响了。从前，外部对于他来说，不是镜子，而是自由自在往来驰骋的空间。

这种新鲜的经验，连同他那被秋阳晒得黧黑的额头和面颊，为他的态度带来微妙的青春的倨傲，这是从前未曾见到过的。爱的敏感，使美代也觉察到这种变化。但照她的解释，三郎作为丈夫，对自己就应该是这样的态度。

十月二十五日早晨，三郎上身穿弥吉给他的旧西服，下身是咖啡色裤子，脚上是悦子送的袜子以及球鞋，一身盛装上路了。他肩上挎着粗糙的帆布书包作为旅行包。

“跟家里母亲商量一下结婚的事，把老人家接来住上两三天也行，让她瞧瞧美代。”

悦子说道。这本来是人之常情，悦子为何要这样郑重其事呢？她自己也不清楚。是为了把自己逼到走投无路的地步，必须这样措辞呢，还是考虑到一旦母亲来了看不到宝贝媳妇会感到茫然，弄不好会发生可怕的事情，打算就此罢手呢？

悦子在走廊上拦住去弥吉房间辞行的三郎，急匆匆说了上面一段话。

“知道了，谢谢。”

将要出门的三郎心情有些激动，他目光炯炯，夸张地表示了感谢，颇显反常地正面凝视着悦子的面庞。悦子想和他握手，巴望他把自己紧紧抱在怀里。她不由得想伸出受伤的右手，但担心伤痕会给他的手掌留下不快的记忆，随即作罢了。一时有些困惑的三郎，再次给她留下一个快活的微笑，然后背对着她，沿走廊匆匆而去。

“那背包看样子很轻，简直像去上学一样。”

悦子在后面说。

美代独自把他送到桥对面的入口处。这是权利。悦子眼睁睁送走了这个权利。

三郎走到石板路下坡登上石阶，这时他又一次回过头来，朝站在院子里的弥吉和悦子举手致敬。直到他的背影消失在刚染上颜色的枫林后头，他那微笑的牙齿依然鲜明地印在悦子的脑海里。

到了美代该打扫房间的时候了。约莫过了五分钟光景，她脚步懒散地登上日影斑驳的石阶。

“三郎已经走啦？”

悦子毫无意义地问道。

“嗯，他走啦。”

美代毫无意义地回答。不知是喜还是悲，她的表情一向木然不觉。

送走三郎时，悦子心中泛起了优柔的动摇和反省。她胸中满怀着痛切的悔恨和罪责之感，甚至打算放弃撵走美代的企图。

然而，美代已经心安理得地沉醉于她同三郎的生活中了。当悦子从回来的美代的脸上看到这副表情时，立即怒火中烧。于是，她又回到原来的想法，决不改变已经打定的主意。

第五章

“三郎回来啦，从府营住宅沿着田里的近道回来啦，刚才我从楼上看到的。好奇怪，只有他一个人，没有看到他母亲。”

悦子正在做饭，千惠子慌慌张张跑进来告诉她。这是天理教庆祝大典第二天，即二十七日晚间的事。

悦子把铁箅子夹在火炉上烤秋令上市的青花鱼。听到这个消息，她把摊着鱼的铁箅子搁在旁边的木板上，再坐上水壶。她沉静的动作里包含着对自己感情严格的约束力。然后，她站起身来，催促千惠子一起到二楼去。

两个女人急匆匆上了楼梯。

“三郎这小子，可真会闹腾人啊！”正在躺着阅读阿纳托尔·法朗士[1]小说的谦辅说道。不一会儿，在悦子和千惠子的热心带动下，也一起站到了窗户前边。

府营住宅西面的森林外侧，太阳已经落下一半了。空中晚霞似火。

田里大都收获完毕，田间小径上走着一个步调稳健的人影，他就是三郎。有什么奇怪呢？他是按照预定的日子、预定的时刻归来的。

影子在他斜对面长长地伸展着。肩头上的背包摇晃起来。他像中学生似的一手按着背包。没有戴帽子。也没有不安和畏惧。他迈着悠然的坚实而不松懈的步子走来。要是顺着正道走，应该到达公路了，他却向右拐进田间小路。他沿着稻架一旁，开始小心翼翼看着脚下走着。

悦子听到了自己剧烈的心跳，这剧烈的心跳既不是因为喜悦，也不是因为恐惧。她弄不清楚自己等待的是祸还是福。总之，她所等待的东西终于到来了。该来的都来了。她胸中翻江倒海，该说的话也说不利索了。于是，她对千惠子说：

“怎么办呢？我真不知该怎样办才好。”

假若一个月前听悦子说出这类不知所措的话来，谦辅和

---

1 阿纳托尔·法朗士（Anatole France，1844—1924），法国作家，文字轻妙幽默，富有辛辣的讽刺意味。作品有《红百合》《波纳尔之罪》《企鹅岛》《天使的反叛》等。1921 年获诺贝尔文学奖。

千惠子不知会怎样惊讶呢。悦子变了，这个刚强的女子失掉了膂力。如今，悦子所希望的是，归来的三郎一无所知，对她投以最后的亲切的微笑；他一旦了解真相后，对她投以最初的强烈的责骂。这几个夜晚，悦子翻来覆去被这两种想象折磨苦了！随之归结到一个既定的结局上：三郎对悦子大骂一通，然后追随美代而去。明天这个时候，悦子肯定看不到三郎了。不，能这样站在二楼的栏杆前，远远地尽情眺望三郎，今天也许是最后一次了……

“好奇怪呀，打起精神来嘛。”千惠子说，“你有勇气撵走美代，还有什么事情不敢做的呢？我们真是对你另眼相看呀！我实在敬佩你。”

千惠子像对待小妹妹似的紧紧挽住悦子的臂膀。

撵走美代这个行为，对于悦子来说，是对自己痛苦的最初修正、让步，甚至是屈服。然而在谦辅夫妇眼里，却看成是悦子最初发出的一次攻势。

“一个妊娠四个月的妇女背着包裹，被赶出家门，这件事做得太过分了！”

千惠子打心眼里这么想。她想起美代的哭声和悦子严厉的态度，以及悦子送美代去车站，将她好歹推上电车的冷酷。昨日亲眼见到的那桩富于戏剧性的事件，使得这对夫妇甚感兴奋。能在米殿看到这份热闹，真是难以想象。美代背着用丝带捆扎的行李走下石阶，悦子像警察一样跟在后头。

弥吉闷在自家室内，美代来辞行，他连头也没转，只说了一句："长期以来你吃苦了。"浅子吓得魂不附体，她不知出了什么事，转来转去。谦辅夫妇没有听任何人说明，却已经理解了这次事件的意义，因而有些自鸣得意。他们认为，自己既然能够理解不道德和罪恶，那么自己也可以是不道德的。在这一点上，他们感到自负。但这只不过像新闻记者一样，出于一种引导社会潮流的冲动。

"你好容易才走到这一步，从此以后，我们会帮助你的。不要客气，只管吩咐好了，我们一定尽力而为。"

"为了悦子，我一定忠心耿耿地干下去，如今再也不要顾忌公公了。"

夫妇两个把悦子夹在中间，你一句我一句。悦子站起身来，用两手拢着鬓发，走到千惠子的镜台前面。

"给我一点古龙水好吗？"

"请自便。"

悦子拿起那只绿色的瓶子，向手心倒了几滴，神经质地揉搓着两边的太阳穴。镜子上罩着褪色的友禅织的帘子。她没有拉开帘子，她害怕看见自己的面孔。然而，她又担心即将见到三郎时自己的脸色，于是将帘子斜着卷起了一角。口红太浓了，她用锁着花边的手帕擦了一下。

行动的记忆比起感情的记忆来，不留任何痕迹。昨天，悦子听着美代遭到无理解雇的哭诉时，丝毫没有动心，推搡着把一个背着包袱的孕妇送走了。她简直不能相信，昨日的悦子和现在的自己竟是同一个人。她既没有后悔，也不在感情上强使自己排斥后悔，她只是无可奈何地又在过去懊恼的锁链上，在岿然不动的腐败的感情小山上，发现了自己端坐于其上的身影。由此看来，使人感到一筹莫展的不就是称作“罪恶”的东西吗？

谦辅夫妇没有放过这个助力的机会。

“眼下，悦子如果遭到三郎的嫉恨，一切都完了。要是公公为你担待下来，承认赶走美代是他的主意，那就好办。也许公公没有这个度量。”

“公公说他什么也没有对三郎说，只是不愿承担一切责任。”

“公公这样说也是理所当然的。好吧，这事交给我了，我不会办坏的。就说美代接到家里电报，母亲得急病，回家探病去了。”

悦子清醒过来，她并未把眼前这两个人当成知己，而是把他们看作带领自己进入迷途的不诚实的向导。悦子不该再次堕入迷雾之中。这么说，昨天那种激烈的果敢行为也白费了。

悦子辞掉美代的行为，尽管是对三郎真心挚爱的表白，但毕竟是为了自己的生存而不得不采取的行动。悦子喜欢这么看，这样更加合乎自己的本分。

“必须使三郎认识到，赶走美代是我的主意。还是由我跟三郎讲明白。你们不救我也没关系，我一个人单枪匹马干下去。”

悦子冷静的结论，在谦辅夫妇眼里，只是因自暴自弃而引起精神错乱，随便胡说一通罢了。

“还是冷静考虑一下吧。否则，一切都将化为泡影。”

“千惠子说得对，那样做是不明智的。还是交给我们吧，事情不会办坏的。”

悦子莫名其妙地浮现着笑意，微微歪斜着嘴角。她认为，不把这两口子看作敌人，就无法从自我行为中排除一种帮倒忙的障碍。她伸手到背后紧一紧腰带，像一只疲倦的大鸟，忧郁地理一理羽毛，站起身来。她走到楼梯上说：

“真的不需你们帮助了，这样我反而自在些。”

这一手使得谦辅夫妇哑口无言。他们很生气，就像一个人跑去救火，被现场维持秩序的警察一把拦住。对于火灾现场来说，救火最需要的是水，但偏偏有人端了一盆温水跑去了。他们就属于这类人。

“我真羡慕那种把别人的好心当成驴肝肺的人。”

千惠子说。

“这个算了，三郎母亲没来，这到底是怎么回事啊？”

谦辅提起了这一点。悦子被三郎的归来搅得心神不安，他被悦子牵着鼻子跑，因而疏忽了这件事，一直没提起过。

“干脆随它去好了，今后决不再帮悦子了。那样反而落得个轻松愉快。”

“从此可以安下心来，只管看热闹吧。”

谦辅吐露了真言。同时，他感到悲哀，因为他在这个悲惨事件中的“高尚”表现，失去了令他满意的人道主义依据。

悦子走下楼梯坐在火炉旁边。她拿下水壶，重新架上铁箅子。走廊上伸出来一块弥吉制作的木板，上面放着火炉，弥吉和悦子的饭菜都在这里做好。美代走了，从今天起，煮饭的活儿每天轮流值班。今天是浅子当班，由信子代替下厨的母亲，唱着儿歌哄着弟弟夏雄。疯狂的笑声早已响遍暮色苍茫的各个房间。

“出什么事了？”

弥吉走出屋子，蹲到火炉旁。他心情惆怅地操起筷子将青鱼翻了个身。

“三郎回来了。”

“已经回来了吗？”

“不，还没到家。”

离走廊四五尺远，有一道茶树篱笆，落日的余晖在下边的叶尖上凝聚着闪亮的光点。尚未绽开的紧裹着的花蕾，点缀着许许多多相同的暗影。唯有未经修剪的一两根高出的小枝条，承受着下面的阳光，悠然地发出特别耀眼的光芒。

石阶上传来三郎吹口哨的声音。

悦子想起那次她和弥吉下围棋的时候，三郎走来问候晚安，她没有回头，心里一阵难受。悦子低下了头。

“我回来啦！”

三郎挨着篱笆，露出上半个身子喊道。穿着衬衫的前胸敞开着，可以看到黧黑的咽喉。悦子的视线碰到了他那天真的青春的笑脸。她想，再也看不到他那无所拘束的笑颜了。她的视线里伴随着一种甘美而痛惜的情绪。

“唔。”

弥吉对着空中应了一句。他没有看三郎，只是专心盯着悦子。

炉火不时燃着鱼油，腾起了火焰。看到悦子放着不管，弥吉连忙吹灭了。

“到底怎么啦？全家人都在为悦子的情恋伤脑筋，唯有这小子浑然不觉。”

弥吉又一口气吹灭了逐渐燃烧起来的鱼油。

悦子心里十分明白，刚才自己在谦辅夫妇面前夸口要亲自对三郎讲个明白，实际上只不过是一种空想的勇气。她既然看到那张清纯、明朗的笑脸，哪里还会有那股见不得人的勇气？然而，事到如今，谁还会助她一臂之力呢？

话又说回来，悦子所夸示的勇气里，一开始就包含着对于挫折的预想，交织着一种狡猾的欲望，不是吗？她认为在一段时间里，谁也不会把这种不幸的事情告诉三郎，她巴望在同一屋檐下，她和三郎不要互相憎恶，这样的时间越长越好。

过了一会儿，弥吉开口了。

“好奇怪呀，这小子怎么没把他母亲带来？”

“可真是的。”

悦子似乎刚刚想起来似的，露出怪讶的神色应和着。她被一种异样喜悦的不安所驱使，说道：

“问问看，说不定不久就会到的呢。”

“算了，这样一来就不得不提到美代。”

弥吉用一副老年人松弛的皮肤般的讽刺语气阻止了她。

其后的两天，悦子周围出现一种奇妙的风平浪静的状态。两日之间，这样的状态使人觉得就像一个绝望的病人出现了一种令人啼笑皆非的病症：一时间难以说清的回光返照，使得看护的人员愁眉顿展，再一次徒然面向已经放弃的希望。

发生了什么事情？眼下所出现的，这就是幸福吗？

悦子牵着玛吉做了一次长途的散步。她送弥吉到梅田车站去请人购买特快车票。她手里握着玛吉脖子上的锁链一直走到冈田车站。这是二十九日午后的事。

就在两三天前，自己曾带着一脸凶相在这里送走美代，如今，她又来到同一座车站。弥吉背倚新近涂了白漆的栅栏，同悦子站着说了一会儿话。今日的弥吉难得地刮了胡子，穿上了西装，拄着一根蛇纹手杖。他放过了好几趟开往梅田的电车。

悦子从未有过的幸福表情使得弥吉大为不安起来。狗急匆匆嗅着周围，她踮起脚尖，时时摇晃着身子，不住对狗发出呵斥。再不然，有时就以微显温润的眼神和惯有的舒缓的微笑，凝睇着站前书店和肉铺前人来人往的马路，有的人驻足观看一阵子，什么也没买，随之又迈动了脚步。书店前飘扬着发售儿童杂志的红黄两色的广告旗。这是一个风有些尖厉的阴天的午后。

“悦子那种幸福的样子，莫非她和三郎达成什么协议了吧？今天不愿意跟我一起去大阪，也许就是这个缘故吧？要是这样，她又对明天开始的漫长之旅不表示异议，又是为什么呢？”

弥吉想错了。悦子表面上的所谓幸福，实际上不过是她反复考虑之后，实在想不出办法，面对一片混沌束手无策的沉静罢了。

三郎昨天一天，带着一脸若无其事的表情割草，下田，看不出有什么心神不定的样子。悦子从他面前经过，他摘下草帽打着招呼。今天早晨也是如此。

本来就是一个寡言少语的青年，只要没有主人的吩咐和提问，他是不会主动开口的。他终日沉默也不以为苦。美代在时倒常常开开玩笑，显得活泼而有朝气。洋溢着明朗青春的容貌，即使缄口不语，也决不会给人一种陷入阴郁的沉思之中的印象。浑身上下充溢着堪称“真正生命的饶舌”的力量，使得劳动的手脚不停地面对太阳和自然诉说、歌唱。

推测起来，这位具有单纯而易于轻信的灵魂的主儿，至今也许还在坚信美代依然待在这个家庭里，她只是偶尔出差住在外头，今天也许会回来的吧？对此即便有些不安，他也不会向弥吉或悦子问起美代的行踪。

这么一想，悦子感到三郎的平静从头到尾都和自己息息相关，这使她难以置信。悦子还没有说明真相呢，蒙在鼓里的三郎既不会叱骂她，也不会飘然出门，追随美代而去。这是当然的道理。事到如今，那种挑明一切的勇气，在悦子心中逐渐衰微了。这不只是为了悦子，也是为了三郎短暂的假想的幸福，因而也是她所希望的。

“可是，他为何不陪伴母亲一起来呢？”三郎这个人，从天理教的大典归来，只要没有人问起，他就不会主动详细谈论大典的盛况以及旅途见闻。在这点上，悦子再次失去判断的能力。

悦子由各种不安之中产生了一种渺茫的难以说清的希望。这些都是即便说出口，也不过是嗤之以鼻的、近乎空想的微小的希望。罪恶背后的黑暗和这种希望，使她不敢面对三郎。

“三郎这小子为何如此冷静，一点也不惊慌呢？”弥吉继续思忖着，“悦子和我都这么想，辞掉美代三郎也会马上离开的，可看起来，稍不留神就会失算的。不管它，只要能和悦子一起旅行，一切都会过去的。我只要到了东京，未必碰不到新的侥幸，不是吗？”

悦子将玛吉拴在栅栏上，她转头望着线路。阴霾的天底下，线路闪着锐利的光芒。带着无数擦痕的钢轨斑驳的断面，在悦子面前呈现着亲切的平静，向远方伸延开去。线路两侧灼热的沙石上，洒落着微细的银色的钢粉。不一会儿，线路传来沉闷的震感，发出了响动……

“会不会下雨呢？”

悦子突然对弥吉说。她想起上个月去大阪的情形。

“看天气也许不要紧的。”

弥吉仰头认真地看了看天空回答。周围一派轰鸣，上行电车进站了。

“您还不上车吗？”

悦子这才问道。

“你为何不跟我一块去呢？”

他的声音必须高过电车的轰鸣，所以听起来不像是追问。

“我穿一身便装，再说还有玛吉。”

悦子的话无法成为理由。

“玛吉可以托付给这家书店嘛。店老板很喜欢狗，从很早以前起我就是这里的老主顾了。”

悦子思索着，解开了狗的链子。她想，明天就要出门去了，今天牺牲在米殿的半天也是合乎自己心愿的。就这么回家去，和三郎在一起，可以想象那是多么痛苦。前天，他从天理归来的当日，突然从悦子眼前消失的三郎的姿影，又在她的面前晃动起来。悦子一看到他，不仅怀疑自己的眼睛，而且从此感到不安起来。悦子看到三郎在田里挥动锄头的身影，立即害怕得要命。

昨天午后，她独自外出散了长时间的步，不也是为了躲避恐惧吗？悦子解开狗链子，对弥吉说：

“好的，那就走吧。”

悦子记得她和三郎肩并肩一起走到公路尽头一个无人的

角落，想象着大阪的市中心，如今，她已经和弥吉肩并肩走到这里了。究竟是哪一条歧路，引导着人生经常会有这种奇妙的组合呢？他们两人来到行人杂沓的站外，这才想起，阪急百货店地下道是直接通向大阪站内的。

弥吉斜斜地拎着手杖，拉着悦子的手穿过岔路口。两人松开了手。

“快！快！”

他在对面的人行道上大声呼叫。

两人围着停车场绕了个半圈，不断被身旁汽车的喇叭声所威胁，终于挤进大阪车站杂沓的人流。票贩子一看到背包的人，就跑过来兜售夜间客票。悦子瞥见一个青年黧黑而柔韧的脖颈，觉得他很像三郎，不由得回头看了看。

售票大厅播送着各班列车发车和到站的时间，弥吉和悦子从门前穿过，来到人影闲散的走廊，一抬头看到写有“站长室”的牌子。

弥吉甩下悦子去找站长说话，悦子坐在候车室罩着白麻布的长椅上休息，不知不觉打起盹来。一阵响亮的电话铃声将她吵醒，她望着广阔的办公室里工作人员的日常起居，也感觉自己浑身疲惫不堪。不仅如此，同时，单从生活节奏的急遽变化上，可以感受到精神的劳顿所带来的痛苦就已是堆积如山啊！悦子把头靠在椅背上，她看到桌子上有一部电话，不断交替地发出响声，一会儿是铃声，一会儿是响亮的谈话声。

“电话，很久没有看到你了。人的感情不断在你体内交错，而你本身只是一种发出单纯铃声的奇妙的机器。形形色色的憎恶、甜爱和欲望，从你身上通过，你一点也不感到疼痛吗？抑或那铃声，就是一种时时发作的、不断抽动的、难以忍受的痛楚的呐喊？”

“让你久等了，车票拿到了。明天的特快很难买，这可是很大的面子啊！”

弥吉将两张蓝色的车票放在她伸过来的手心里。

“二等票，为了你才狠心买下的。”

其实，三天以内的三等票早已卖光了。况且这二等票在售票厅也能买到。可是弥吉一踏入站长室，碍于情面也不好意思不要二等票。

接着，两人又到百货店新买了牙刷和牙粉，以及悦子用的非油性雪花膏。此外，他们还为今晚杉本全家的“饯别宴”买了廉价的威士忌，然后踏上了归途。

悦子从早晨起就开始打点明天旅行的行李了，她把在大阪买的少量的东西塞进包里之后，剩下的工作就是张罗晚上的饯别宴，做一些比平时丰盛的菜肴。自上次那件事情以来，不大肯和悦子搭话的千惠子和浅子，也都前来帮忙一起做菜。

习惯这东西，总是趋向于迷信和保守。弥吉提出今晚全家集中在平时不大使用的十铺席客厅里吃晚饭，这一方案没有得到大家心悦诚服的响应。

“悦子，老爷子的这个提议很奇怪，弄不好，你到东京后会给老爷子喂临终前最后一口水呢。那就只好麻烦你啦！”

跑来厨房偷食的谦辅说道。

悦子去察看十铺席的客厅有没有打扫完毕，只见宽阔的十铺席客厅里没有灯光，沉浸在漠漠黄昏之中，犹如一座索寞而空旷的大马厩。三郎独自一人面向庭院挥动着扫帚。

这位青年难以言表的孤独的身影，凭借那房间内的黑暗、手中的扫帚以及扫帚擦着铺席的萧索之声，都给人留下强烈的印象。悦子站在门口，仿佛第一次看到他内心的姿影。

她的心胸被罪恶之念所啃咬，同时又燃烧着同等强烈的恋情。透过苦痛，悦子第一次实实在在为思恋所苦恼。从昨天起看到他感到的恐怖，也许是因为爱情在作孽吧。

他的孤独显得那般坚固而纯洁，连悦子也很难找出破绽。爱的憧憬践踏着理性和记忆，甚至使得悦子轻易忘记了目前罪恶之念的根源——美代的存在。她只想向三郎道歉，接受他的责骂和处罚，这是最好的办法。其中虽然也包括赤裸的利己主义思想，但对于这个看起来只顾考虑自己的女子来说，其实是第一次品尝到这种纯粹的利己主义。

三郎注意到了站立在薄暗中的悦子，他转过头来。

“您找我吗？”

“打扫完了吧？”

“是的。”

悦子走到客厅中央，环顾一下四周。三郎穿着枯草色的衬衫，卷着袖子，肩上扛着扫帚，凝视着悦子。他发现晦暗中站着一个幽灵似的女人，胸脯在剧烈地一起一伏。

“听着，”悦子痛苦地说，“今晚夜里一点钟，真是过意不去，请你到后面葡萄园等我，好吗？我明天就要去旅行，走之前有些话必须跟你说。”

三郎沉默着，没有吱声。

“怎么了，你来不来？”

“知道了，少奶奶。”

“你到底来，还是不来？”

“我来。”

“一点钟，在葡萄园，不要叫人看见了，啊？”

“是。”

三郎极不自然地离开悦子，拿着扫帚无目的地扫起来。

十铺席的客厅点起一百瓦的灯泡，但看起来还不如四十瓦的亮。由于灯光黯淡，比起黄昏时的暮色，客厅里给人一种幽暗的感觉。

“这样一来还有什么兴致呢？”经谦辅这么一说，吃饭中大家都不住抬起头盯着那只灯泡。

此外，还少有地摆上了待客用的饭盘，加上三郎，一家八个人，起初打算以背靠房柱的弥吉为中心，坐成一个半“口”字形，但是“有田烧”[1]的大瓷盘里的杂烩菜罩在阴影里看不见，根据谦辅的建议，八个人按半“口”字形

1 佐贺县有田烧制的瓷器，由伊万里港运出，故又称“伊万里烧”。

排列，缩小在四十瓦的灯泡下边了。这样看起来，与其说是开宴会，不如说是围在一起打夜工更合适。

大家一同举起盛着二级威士忌的玻璃杯干杯。

悦子为自己一手制造的不安所折磨，至于谦辅的一副滑稽相，千惠子“青踏派”[1]般的饶舌，夏雄兴高采烈的欢笑……所有这些，她都目无所视，耳无所闻。就像登山者越来越向往高山险阻，悦子为不安和痛苦的能力所唆使，愈发酿制了更多新的不安和痛苦。

虽说如此，现在悦子的不安之中，有着她自己独创式的不安和异质性的某种凡庸的东西。做出解雇美代的行动时，已经出现了这种新的不安的最初征兆。她所犯下的这种越来越大的误算，也许会使她失去她在这块土地上的一种作用，失去她在这块土地上所获得的一个席位。对于某些人来说是入口，对于她来说也许是出口。这道门扉安设在火警瞭望台顶端，许多人对于攀登这个入口一概死心，然而一开始就住在这里的悦子，巴望走出没有窗户的屋子，她要是打开这道门扉，说不定一脚踏空，坠地而死。决不能走出这个屋子，这一前提也许正是为走出这座屋子所能采用的一切睿智的唯一基础。然而……

悦子坐在弥吉身边。因此，她不必转移视线，即可避免看见这位年迈的旅伴。她被坐在正对面三郎的酒杯吸引住了，此时谦辅正在劝他喝酒。灯光辉耀之下，三郎那粗糙、朴讷

1 明治四十四年（1911）以平冢雷鸟为中心成立起来的女性文学团体，提倡新思想，主张妇女解放，创立杂志《青踏》。

的手掌，捧着盛满琥珀色液体的玻璃杯，似乎倍加珍爱。

“不能那么喝酒！今天要是喝醉了，一切都将落空。他要是醉酒睡过了头，全都完啦。就剩今晚上了，明日我已是人在旅途。”

谦辅又要为他斟酒，这时悦子禁不住伸过手去。

“这位姐姐真犯嫌，你应该给可爱的小弟弟倒酒才是啊！”

谦辅公然调笑两个人的关系，这还是第一次。

三郎吃不透这句话真正的含义，只是握着空酒杯一味傻笑。悦子装出一副平常的样子，笑着说：

“未成年人喝酒，对健康有害。”

酒瓶已被悦子夺到手里。

“悦子呀，她做了未成年人保护协会的女会长啦！”

千惠子为丈夫帮腔，对悦子表示了委婉的敌意。

眼下这种情况，三天来一直成为禁忌的美代离家这件事，未必不会成为大伙儿公开的话题。适度的亲切和适度的敌意通过巧妙中和而形成的冷淡，维护了这种禁忌。一概装糊涂的弥吉，被禁止过分亲密的谦辅夫妇，还有不曾和三郎交谈过的浅子，大家都不约而同地遵守同一种规则，才使得这种禁忌有可能保存下来。但是，如果一角被撕破，就会立即出现危险。现在，千惠子当着悦子的面揭发她的行为这种事，也不是没有可能发生。

“今夜好容易找到个机会，决心亲自对三郎袒露一切，接受他的叱骂，可是如果眼睁睁看着别人抢先告诉了三郎，我又该怎么办呢？三郎也许不会发怒，他将忍着悲痛而默认了吧？更坏的是，他有碍于大伙儿的情面，笑嘻嘻地宽恕了我吧？一切都将原封不动地结束。所有一切，痛苦的预测、不可能存在的希望、可喜的破灭……所有一切都将结束。但愿夜里一点之前不要发生任何事情！但愿在我动手之前不出现任何新的事故！”

悦子面色苍白，纹丝不动地坐着，一句话不说。

无可奈何的弥吉，自觉是她苦恼的无力的同情者，尽管只是朦胧地感知到悦子面临的危险，但由于平日屡屡看到悦子心神不宁的样子，心中早已有数，如今当着谦辅夫妇的面，显示一下庇护悦子的雅量，即便是为了明日旅途的愉快，也是必不可少的处置办法。弥吉看清了这一点，拿出能使全场气氛冷却下来的本领，凭借他那总经理时代的辩才，滔滔不绝地讲了一气，这才拯救了悦子。

“三郎是不能再喝啦。我像你这般年纪，甭说酒，香烟也不抽。你不抽烟，这我很佩服。年纪轻轻，不要养成多种嗜好，这对将来大有益处。人人喜欢喝酒，但过了四十再喝也不晚。谦辅你们，说实在的，喝酒喝得太早啦。不过，时代不同了。这是时代之差嘛。这个当然也应该考虑，不过……”

全场鸦雀无声。突然，浅子无意之中大声喊叫起来。

“呀，夏雄睡着啦！我把这孩子放下再来！”

浅子抱起膝头上沉睡的夏雄出去了，信子跟在后头。

“我们也学夏雄，老老实实待着吧。”

谦辅装出一副儿童的口吻，揣摩着弥吉的心情。

“悦子，把酒瓶给我吧，这回我自斟自酌。”

悦子有些心不在焉，她把自己身边的酒瓶漫无目标地往谦辅那里一推了之。

她想不再注视三郎，但目光想离又离不开。每每四目相对时，羞赧地将视线移开的总是三郎。

悦子盯着三郎，极力回忆起往日无法逃脱的命运，想着想着，觉得明日之旅也立即动摇起来，似乎注定要发生某些变化，她为此感到有些狼狈。如今，她头脑里的地名不是东京，如果硬要说出地名的话，唯一的地名就是后面的葡萄园。

杉本家的人通常所说的葡萄园这地方，实际上就是弥吉眼下放弃葡萄栽培的三间温室和一百坪左右的桃树林这一角落，就在进山赏樱和参加庆典的路口上。不过，除了这个时节之外，杉本家的人很少光顾这块三四百坪半被舍弃的荒岛般的地方。

悦子早就盘算开了，和三郎相会该如何打扮，必须注意衣着，不能让弥吉觉察出来，要准备好鞋子，睡前要想着把厨房后门打开，以免到时开门时可怕的“吱吱嘎嘎”声把别人吵醒……她一一思忖着，心情充满不安。

退一步考虑，仅仅为了同三郎长谈，就暗暗动了这么多脑筋，为了那个时间、那种场合的约会，枉费了许多不必要的辛苦，实在徒劳而又可笑。且不说数月前谁也不知道她的恋情，就算已经成为半公开秘密的今天，为了避免不必要的误解，一次“长谈”也可以白天到外头去相会。她所希望的只是一次沉痛的长时间的内心独白，此外再没有别的目的了。

究竟是什么促使悦子特意寄望于这些烦琐的秘密的呢?

在这最后的夜晚，悦子想获得一种秘密，即便是形式上的秘密也好。她巴望同三郎之间保有一份最初抑或是最后的秘密。她要和三郎分享这份秘密。尽管三郎到头来不会给予她任何东西，但是她希望从他那里得到一点儿哪怕是危险的秘密。悦子决心要求三郎赠给她这份礼物。她感到自己有这个权利。

十月过半，为了抵御夜间和早晨的寒冷，弥吉睡觉时及早戴上了他称之为“夜帽”的绒线帽。

对于悦子来说，这是微妙的标识。只要他钻入被窝时戴上这顶帽子，悦子这一夜就平安无事。要是不戴帽子睡觉，夜里悦子就不得安宁。

饯别宴十一点结束，悦子已经听到身旁弥吉的鼾声。为了明日的旅行，睡眠必须充足。戴在头上的夜帽微微滑落了，露出了长满白发的脏兮兮的发根。他的白发始终不见纯白一色，而是给人一种不洁之感的芝麻盐般的花白色。

难以成眠的悦子就着睡前读书的台灯灯光，瞅着那顶乌黑的夜帽。不一会儿，她熄灭了台灯。万一弥吉还没有睡着，不可因看书看到很晚而使他感到不自然。

其后，悦子在黑暗里提心吊胆地等了将近两个小时。如此的焦虑和徒然的热烈的梦幻，描绘着她和三郎幽会的无限喜悦之情。她像一位春心荡漾而忘记祈祷的尼僧，忘记了为博得三郎的憎恨所要做的告白的努力。

悦子将藏在厨房里的便装套在睡衣外面，系上朱红的腰带，围着彩虹色的旧羊毛围巾，披着一件黑绫子大衣。玛吉在大门口的狗窝里睡觉，用不着担心它会叫。走出厨房后门，入夜的晴空月明如昼，她没有直接去葡萄园，而是首先到达三郎宿舍的门前。窗户敞开着，被子撩到了一边。他无疑是从窗户跳出来，先到葡萄园去了。看到他如此诚实，一种意想不到的官能的喜悦，使得悦子心里痒酥酥的。

虽说是后面，但葡萄园和房屋之间还隔着峡谷般低洼的甘薯田。而且，葡萄园的这一面坡地还覆盖着四五米宽的细竹丛，从房内全然看不到温室的轮廓。

悦子沿着荒草离离的小路，穿过甘薯田一带峡谷。枭鸟悲鸣。月光照射着掘过甘薯的松软的土地，宛若用硬纸折叠的山脉地形图。小路有一处布满了荆棘，一旁的田地里印着两三个胶底球鞋的痕迹，那是三郎的脚印。

悦子经过细竹丛外边，登上一段斜坡，来到栎树荫里。月光之下，葡萄园一带尽收眼底。三郎袖着手呆呆地站在覆盖着破玻璃的温室门口。

剃得很短的一头黑发，在月光的辉映下，十分鲜明。他没有穿上衣，看来一点也不怕冷。只是穿着一件弥吉送给他的手织的灰色毛衣。

他看见悦子，用力甩开臂膀，并起足跟远远打着招呼。

悦子走近了。然而，她已说不出话来。

她打量了一下四周，说道：

“没有个坐的地方吗？”

“哦，温室里有椅子。”

这句话丝毫不见踌躇和羞怯，这使悦子稍稍有些失望。

他低头走进温室，她跟在他的后头。

屋顶几乎全都没有玻璃，地面的草垫子上清晰地印着天窗木框以及干瘪的葡萄和枝叶的阴影。一张风吹雨打的小圆木椅子倒在地上，三郎扯下腰间的手巾仔细揩拭一遍，让悦子坐下来，自己坐在横躺着的生锈的铁桶上。然而，铁桶坐上去很不稳当，他只得像小狗一样将一侧的膝盖直立着坐在草垫子上。

悦子闷声不响。三郎拽下一根草秆儿绕在手指上，弹出了响声。

“美代是我辞掉的。”

悦子突然迸出这样一句话。

三郎若无其事地抬眼看看她。

“我知道了。”

“谁告诉你的？”

“听浅子少奶奶说的。”

“浅子她……”

三郎低下眉头又在手指上绕着草秆儿。他从正面看到悦子吃惊的样子，觉得很尴尬。

这位少年低着头一副忧郁的神情，在意外地被鼓动起想象力的悦子眼里，有着这样的印象：一棵鲜活的小树硬是被劈开，这一两天装出满心开朗的样子，好不容易耐过悲哀而获得惊人的顽强的诚实以及无与伦比的诚实背后，却潜隐着激烈的无言的抗辩。这无言的抗辩，较之任何粗野的谩骂，更加剧烈地刺伤了悦子的心胸。她坐在椅子上，深深弯下腰来。她心神不宁地握起手指，忽而又松开，用一副低沉的热烈的声调诉说起来。她的声音时时发出唏嘘而中途断绝，由此可知，她是如何压抑着激越的感情在倾诉衷肠啊！而且，听起来简直像是怒不可遏。

“请饶恕我吧，我实在太痛苦啦。我只能这么做。况且，你撒了谎。你和美代明明那般相亲相爱，却跟我说你不爱美代。我听了你的谎言，越发痛苦起来。为了使你知道你给我造成的你从未体验过的这份苦恼，我认为你也有必要尝受一次相同的无缘无故的苦恼。你能想象得到我有多么痛苦吗？如果这种苦恼可以打心里掏出来加以比较的话，我真想和你比一比看，究竟谁的苦恼更大！我痛苦得无法抑制住自己，所以被火烧伤了手指。你看，这都是为了你，因为你我才被火烧伤的呀！”

悦子就着月光伸出受伤的手掌。三郎像触摸一件可怕的东西，他触了触悦子翻转的指尖儿，又立即离开了。

“在天理教也遇见过这样的叫花子，露出伤口以乞求别人怜悯的叫花子，实在叫人害怕。少奶奶称得上是一位品位高雅的叫花子了。”

三郎思忖着，没料到她品位高雅的原因毫无保留地全都在她的痛苦之上。

直到现在，三郎依旧不知道悦子在爱着他。

他想从悦子拐弯抹角的告白中，努力找到自己勉强可以接受的事实。眼前的女人是这般痛苦，只有这一点是确定无疑的。她虽然不知道深层的原因是什么，却一味认定是为三郎而苦恼。大凡痛苦的人，都应该给予安慰，只是不知道如何安慰她才好。

“没关系，至于我，你不必担心。美代不在，只是暂时有点寂寞，没有什么大不了的事。”

很难测知这是否是三郎的心里话，她被这种不着边际的宽大惊呆了。悦子闪着深深疑虑的眼神，在这种亲切而单纯的怜悯之中，探求着相隔一层谦恭谎言的礼仪做法。

“你还在撒谎，自己同心上人硬是被人一手拆散，还说什么没关系，哪里会有这样的事呢？你呀，我一切全都对你表白，请求你原谅。可你还是隐藏真心，打心里不肯原谅我。”

在对抗悦子深不可测的Romanesque[1]式的固定观念之中，具有玻璃般透明的灵魂、遇事束手无策的三郎，远不是

---

1 罗马式建筑。

她的对手。一阵惶惑过后，他认为悦子怪罪的是他的撒谎，正像刚才最使她伤心的“不爱美代”那句重大的谎言，只要证明是真心话，她就会消气的。于是，他以果断的语气说道：

“我没有撒谎，你真的用不着担心。因为我不爱美代。”

悦子不再唏嘘了，她几乎笑起来：

“还在撒谎，又在骗人！你的谎言只能欺骗小孩子，还想欺骗我吗？”

三郎一筹莫展。面对这个难以对付的令人头疼的女人，他无计可施，只好闷声不响。

悦子面对他亲切的沉默，开始松了口气。她清清楚楚听到深夜远方货物电车遥远的汽笛声。

三郎忙于考虑自己的问题，根本顾不上汽笛什么的。

“我该怎么说，少奶奶才相信呢？少奶奶曾经将爱与不爱当成天翻地覆的大事对待。可是现在，不管我说些什么，少奶奶一概认为是撒谎，不予理睬。对了，也许她要证据，只要说出事实，她肯定会相信的。”

他重新坐正，微微弯着腰，迫不及待地说道：

“不是撒谎，我真的没打算娶美代为妻。在天理教时我跟家里说了，母亲一直反对我结婚，她说还太早。我没有说到怀孕的事，因为实在不好意思说出口来。母亲因此而大加反对，说娶个不中意的女子为媳妇，到底是为的哪一桩？她还说，自己不愿意见到这种不干不净的女子，所以没有到米殿来，由天理直接回家乡去了。”

这则笨口拙舌说出的甚为朴讷的故事洋溢着难以言表的真实。悦子似乎陶醉于一场美梦中，贪婪地饱享着永不消失的瞬间里鲜美的喜悦。她不感到恐怖，听着听着，悦子的眼睛闪亮了，她的鼻翼在颤动。

她如醉如痴地说：

“你为什么不把这些说出来？为什么不早点说呀？”

她接着还说：

“是吗？没有把母亲接来，原来是因为这个。”

她接着又说：

“这么说，你回到这里，美代不在反而更合你的心意啦？”

这些话一半在嘴里，一半说了出来，悦子自己要想把执拗地反复出现的内心独白和口里说出的喃喃自语特意区别开来，真是难上加难。

梦里，树苗瞬间长成大树，小鸟立时变作拉车的巨马一样高大。就这样，悦子的梦想使得可笑的希望膨胀开来，成为眼前随时可以实现的希望。

“说不定三郎爱的是我呢，拿出勇气来！我应该试探一下。不要怕失败，要是他真爱我，就是我的幸福，不是很简单吗？”

悦子这样思考着。然而，不怕背叛的希望，比起一般的希望，只是一种绝望。

“是这样……那么，你究竟爱谁呢？”

悦子问道。

这个聪明的女人或许产生了这样的误解，目前这种场合，可以把两人结合在一起的不是语言，她只要亲切地揽一下三郎的臂膀，这一招也许就万事俱备了。这两个截然不同的灵魂，就可以握手言欢了。

可是，语言在两个人之间犹如顽固的亡灵岿然屹立，三郎对悦子面颊上飞起的潮红很不理解。他就像面对一道难解的数学题的小学生，只能缩手缩脚，穷于应对。

“爱……不爱……”

又来了！又来了！

这个看似极为便利的词语，对于他来说，依然给那种走一步算一步的轻松愉快的生活增添了多余的意味，也给他今后的日子套上了多余的枷锁。因此，只能看作是剩余的概念。这个词语作为日常必需品而存在，因时间和场所可以以生死为赌注。然而，他不具有营造这种生活的房间，岂止没有，就连想象都难以做到。更何况，作为这个房间的主人，为了毁掉这个房间，甚至干出将整个住宅放火烧掉的愚行，这对于他来说，那是十分可笑的蠢事。青年站在少女身旁。按照自然的趋势，三郎吻了美代。交合了。然后，美代的肚子里怀了孩子。还是按照自然的趋势，三郎对美代厌倦了。于是，一场儿童游戏渐渐进入高潮，至少这场游戏谁都可以充当他的对象，不一定是美代。不，说是厌倦，可能欠妥，对于三郎来说，他未必真想要美代。

人，要是爱上一个就必然不会爱上另一个，或者不爱这一个就必然会爱上那一个。但是三郎完全不按这种逻辑规范自己的行为。

基于这种缘由，他再次穷于应答。

将这个纯朴的少年追逼到这种地步的是谁呢？让走投无路的他做出等闲解答的又是谁之罪呢？

三郎认为，不能凭感情用事，只得依靠世故教训来判断。这是从孩童时代起端他人饭碗长大的少年时常采取的解决办法。

这么一想，他立即明白了悦子的眼睛，仿佛在告诉他："请说出我的名字吧。"

"少奶奶的眼睛实在莹润，她是多么认真啊！我懂啦！我的答案里，只要说出少奶奶的名字就行了。肯定没错。"

三郎摘下身边一颗黝黑的干葡萄，搁在手心里滚动着，低下头来，直言不讳地说：

"少奶奶，就是您啊。"

一副明目张胆地撒谎的语调，较之直言"不爱"更加露骨地表明不爱的语调。为了直接感受如此天真的谎言，不需要冷静的头脑考虑。一味沉迷于梦幻里的悦子听到这句话，立即清醒过来，她站起身子。

一切都结束了！

她用两手理一理经夜气浸润的冰冷的乱发，用沉着而雄健的语调说道：

“好了，该回去了。我明天必须及早上路，所以我也得稍微睡一会儿。”

三郎塌下左肩，很不情愿地站起来。

悦子觉得脖子上一股寒气，于是将彩虹围巾向上竖了竖。三郎发现她的嘴唇在干枯的葡萄叶荫里，闪现着黝黑的光泽。

一直伤透脑筋、穷于应付的三郎，不时翻着眼皮看看悦子，他觉得她不是女人，而是精神怪物，是一种不得而知、无法捉摸的精神肉块。烦恼、苦闷、流血，忽而又发出喜悦的怪叫。她就是这样可怜的一堆神经组织！

但是，对于站起来竖起围巾的悦子，三郎这才觉得她像个女人。悦子将要离开温室，他横着手臂拦住了她。

悦子扭转身子，刺一般直盯着三郎的眼珠。

宛若藻荇纵横的黑暗的水下边，船桨撞击着别的船底，此时，悦子明显感到，虽然隔着几层衣服，他膀子上强健的肌肉和自己柔软的前胸紧紧贴在一起了。

三郎再也经不住她的凝视。他摇晃了一下，张开嘴来，没有出声，露出令人放心的快活的笑容。而且，三番两次不自觉地迅疾地眨着眼睛。

其间，悦子一言不发。莫非她终于悟出语言是无力的吗？一度瞥见断崖谷底的人，一旦被迷惑，就不会再考虑其他事情了。抑或好不容易才确认弄到手的绝望不愿再撒手了吧？

悦子的肌肤被迂回曲折、年轻快活的肉体所压挤，浑身汗津津的。一只草鞋脱落了，翻转在地上。

悦子在抵抗，她自己也不明白，为何要如此抵抗。仿佛抵抗就是一种凭依似的。

三郎的两只臂膀紧紧搂住女人不放。悦子频频躲避着脸孔，嘴唇和嘴唇总是挨不到一块儿。焦躁使三郎脚步慌乱起来，险些绊倒椅子，一边的膝盖跪在草地上。悦子瞅空儿挣脱他的臂膀，逃出了温室。

悦子为什么喊叫？悦子为什么呼救？她在呼唤谁的名字？除了三郎，哪里还有她所要呼喊的名字呢？三郎之外，哪里还有悦子的救命恩人呢？即使呼喊救命，又能怎么样呢？她人在哪儿？要向哪儿去？哪里能够拯救她，又会被送到哪里去呢？悦子心中有数吗？

三郎追到温室旁边茂密的芒草里，将悦子按倒在地。女人的身子深深埋进草丛。两人的手被草叶划破了，沾满鲜血和汗水，两个人都没有觉察。

三郎的脸孔涨得通红，汗水闪耀着光亮。悦子眼前瞧着这张脸孔，由于冲动而美丽起来，因热望而变得炫目。悦子甚至怀疑这个世界还有没有比这位青年的表情更加美丽的东西了。同这种心情相反，她的身子依然在抵抗。

三郎凭借两只膀子和胸部力量摁住女人的身体，简直像做戏一样，用牙齿咬掉黑绫子大衣的纽扣。悦子半醉半醒，只觉得自己胸脯上滚动着一颗沉重的脑袋。她以满腔洋溢的情爱承受着这颗活生生的脑袋。

尽管如此，就在这一瞬间，她喊叫起来。

三郎早在这一声惊天动地的叫喊之前清醒过来，他大吃一惊，一副敏捷的身子立即考虑如何逃跑。没有任何逻辑和感情的联系，勉强地说，他就像面临生命危险的动物，思考着如何逃遁。于是，他脱开身子站起来，朝杉本家相反的方向奔逃。

这时，悦子产生一种惊人的强劲的力量，她由刚才半迷惘的状态中敏锐地站立起来，对三郎紧追不舍。

“等一等！等一等！”

她喊道。

她越喊，三郎越逃。他一边奔跑，一边挣脱缠住自己的女人的手。悦子竭尽全力抱住他的大腿，摔倒在地上，她的身子在荆棘丛中被拖了一两米远。

此时，弥吉一觉醒来，睁眼一看，身边的被窝里悦子不见了。他被一种预感所驱使，走到三郎的宿舍探望。一看，那里的睡床也是空的。窗下的地面上有脚印。

他又来到厨房，看到木质的后门敞开了，月光照了进来。从这里出去就是梨园，再不然就只能到葡萄园去了。梨园的地面，每天经过弥吉的收拾，表面覆盖着柔软的土壤。弥吉沿着小路直奔葡萄园。

走了一程，又回转身，把靠在储藏室门口的铁锹握在手里。他并非出于什么深谋远虑，也许只是为了防身。

弥吉走到细竹丛旁边时，听到悦子的呼喊，他扛起铁锹跑了过去。

三郎正在奔逃，他回头一看，弥吉正向他奔来。他的双腿迟疑了一下，站住了。他激烈地喘着气，等着弥吉来到他跟前。

悦子看到奋力逃跑的三郎突然停止脚步，不由得愣住了。她还不觉得全身疼痛。悦子发现旁边有个人影，一看，弥吉穿着睡衣，拄着铁锹站在泥土里，敞开的胸膛剧烈地喘息着。

悦子无所畏惧地回头凝视弥吉的眼睛。

老人的身子战栗起来，他承受不住悦子的视线，垂下了眉头。

这种懦弱的逡巡激怒了悦子，她一把夺过老人手中的铁锹，照着一旁呆然而立、无所期待、懵懂不解的三郎的肩膀劈了过去。铁锹洗得很干净的雪亮的钢刃滑过肩头，撕裂了三郎的颈项。

青年的喉咙管里发出一声低沉的呼叫，他向前摇晃了一下，接着又是一铁锹，斜斜地劈开了他的头盖骨。三郎抱头栽倒在地上。

弥吉和悦子凝神而立，互相注视着于朦胧的夜色中晃动的胴体。两个人的眼睛对一切东西都视而不见。

实际上只不过数十秒钟，感觉上是漫长无边的沉默之后，弥吉这才问道：

“为什么杀他？”

“因为您不杀他。”

“我不想杀他。”

悦子狠狠地瞪了弥吉一眼。

“骗人！您很想杀他，刚才我在等着呢。您只有杀死三郎，才有办法救我。可是您犹豫了，您哆嗦了，您毫不争气地哆嗦了！那种场合，我只好替您杀死他。”

“你想嫁祸于我吗？”

“瞧您说的！我明天一早就到警察局自首。我一个人去。”

“不用着急嘛，可以多想几个处理的办法。不过，你为何非要杀死他不可呢？”

“因为他害苦了我啦。”

“可他没有罪呀。”

“没有罪？他怎么可能没有罪？他一直折磨我，这是罪有应得！任何人都不许折磨我！谁也不准再继续害我！”

“这是谁定的规矩？”

“我定的！我一旦决定，决不含糊！”

“你真是个可怕的女子！”

弥吉觉得杀人者不是自己，这才放心地松了口气。

“好吗？决不可着急，好好想想，看如何处理。在这之前要是有人看到了就糟啦。”

他从悦子手里要回了铁锹，把子上溅满了湿淋淋的鲜血。

接着，弥吉干起了一桩奇妙的活计。他找到一块割完旱稻的松软的田地，深更半夜像个庄稼人一样勤奋地挖了个土坑。

一个浅浅的墓穴完成了。这期间，悦子坐在地上，凝神注视着颠仆于地面的三郎的遗骸。毛衣打皱了，咖啡色衬衫向上卷起，裸露着背部的肌肉。那肌肉的颜色熏染着灰白的土色。脸部一侧的面颊埋在草丛里，因痛苦而歪斜的嘴巴可以窥见锐利而洁白的牙齿，仿佛是在微笑。脑浆流到额头下边，深深凹陷的眼睑紧闭在一起。

弥吉挖好了，他走到悦子身旁，轻轻拍了拍她的肩膀。

上半身因沾满鲜血很难下手，弥吉拽着尸体的两脚拖到草地上。夜色中可以看到草地上留下一道黑色的斑痕。三郎仰起的头部每当碰到地面的凹凸和石子，看上去好像在不住地点头。

尸体横放在浅浅的墓坑底上，两人匆忙地向上堆土。最后剩下半张着嘴巴、紧闭着双眼的微笑的面孔。门齿映着月色，雪白闪亮。悦子扔掉铁锹，用手捧着软土填入嘴里。泥土撒落在黑洞似的口腔之中。弥吉用铁锹铲了好多土堆积起来，覆盖了那张脸孔。

土堆得很厚，悦子穿着布袜在上头踩得很结实。踩着柔软的泥土就像踩着光裸的肌肤，感到十分亲切。

其间，弥吉仔细查看着地面，用脚将血迹一点一点涂去，盖上一层土。然后再用脚尖捻一捻，抹去痕迹。

两人到厨房里清洗手上的血和泥。悦子脱掉血迹斑斑的大衣，脱掉布袜。她找出一双草鞋换上走了进来。

弥吉的手颤抖得接不住水。悦子的手一点也不抖，她捧着水将水池子的血迹仔细地冲洗干净。

悦子将大衣和布袜卷成一团，先走了，她稍稍感到被三郎拖着擦伤的伤口微微发疼，但还不是真正的疼痛。

玛吉叫了。狗吠声须臾乃止。

悦子就寝了，突然恩宠般地袭击而来的困倦，应当作何比喻呢？弥吉惊愕地听着身边悦子的鼾声。长久的疲劳，永无休止的疲劳，较之悦子刚刚犯下的罪行更加深不见底的疲劳……因某种有效行为积聚起来的无数劳苦记忆组成的充足的疲劳……没有这种疲劳作为代偿，哪里能够获得这种纯粹的睡眠？

悦子获得短暂的安息之后，她又醒了。她的周围是深沉的黑暗。挂钟阴郁而沉重地一秒一秒走着。一旁的弥吉颤抖着难以成眠。悦子也默然无语。她的声音谁也听不到。她强撑着眼皮望着暗处，什么也看不见。

听到的是遥远的鸡鸣。此时，黎明尚早，鸡啼声此起彼伏。远方，不知何处一只叫了，接着又有一只应和着，再有一只叫了。还有一只也叫了。深夜鸡鸣，远近相应，无边无际。依然一声声连续下去，永远连续下去。

然而，什么事也没有发生。

（昭和二十五年）

译后记

近年来，随着三岛由纪夫的作品陆续在中国翻译出版，他的名字已为我国广大读者所熟知。以往，我一直对这个作家抱着疏离的态度，很少阅读他的作品，只翻译过他一两篇散文。这两年译了《萨德侯爵夫人》《长夜之刀》《禁色》《仲夏之死》以及《鲜花盛开的森林》等戏剧和小说集之后，我对这个作家的看法改变了，觉得在现代日本文学海洋中，三岛是一座不容忽视的繁花似锦、蜂蝶翻飞的水上乐园。

三岛由纪夫（1925—1970），生于东京四谷区永住町，原名平冈公威，父亲平冈梓是农林省官吏，母亲倭文重。六岁时进入以皇家、贵族子弟为对象的学习院初等科，十二岁升入中等科。他自幼聪颖过人，十三岁以习作《酸模》初试锋芒，十五岁出版诗集，十六岁于国文学杂志发表处女小说《鲜花盛开的森林》，以神奇的构思、飘渺的意境、虚幻的人物和诗化的语言为世人所瞩目。一九四六年，短篇小说《香烟》经川端康成推荐，发表于《人间》杂志。翌年写作《春子》，笔法摇曳生姿，文字波澜起伏。

长篇小说《爱的饥渴》一九五〇年由新潮社出版。作品主人公悦子是个一生都在为情所苦的不幸女子。婚后丈夫在外拥红倚翠，醉卧温柔乡；妻子在家空闺冷衾，无处话凄凉。因而，在丈夫得了不治之症之后，爱的饥渴转化为恨的妒火。爱与恨相互交织，一起集中指向濒死的丈夫。最后，良辅究竟是被病魔折磨得灯尽油干，还是死于妻子的黑手，似乎很难说得清楚。

失掉丈夫的悦子一面同公公弥吉逢场作戏，一面又暗恋园丁三郎。但一个心性高傲、情深似海的女子和一个朴实木讷、不谙世故人情的青年之间，本来就存在着不可逾越的情感的鸿沟，悦子想从三郎那里获得爱的满足，只能是缘木求鱼，注定是一场悲剧。果然，在悦子为着获得爱而不择手段逼走三郎的未婚妻美代之后，不但未能如愿以偿，爱恨情仇凝成一个解不开的死结，迫使她铤而走险，一场月下幽会，倏忽袭来一阵腥风血雨，悦子最后竟挥起铁锹砍死了三郎。小说的末尾着实出人意表，三岛之外，很少有人敢于打造这样一个波谲云诡的结局。

三岛的文学是一组向人生终极挑战的文字，他的笔端始终在人性的两极跳舞——美与丑、爱与恨、生与死、情与仇，以及理想和溃灭、崇高和卑微、真诚和欺骗、矜育和杀戮……

三岛的美学理念是以古希腊艺术的“热烈”战胜法兰西艺术的“温和”，他向往夏阳，厌恶暖春。

冷彻的文体，严酷的造型，火炽的情感，泛滥的文字。

走在三岛文学的旅途上，时而疾风暴雨，电闪雷鸣；时而花明柳媚，燕语莺歌。

然而，三岛带给我们更多的是，灯阑酒绿男儿泪，剑影刀光粉黛情。

面对三岛，我时常读着，译着，突然合上书本，悻悻离去，未出几步，又旋即回头，重新坐到桌前。

《爱的饥渴》是最初体现作者“热烈的果断”这一文学理想的成功之作。

三岛的文学是极端的文学，三岛的人生是极端的人生。

文学的极端是艺术，人生的极端是病狂。

有的读者朋友读罢《禁色》等作品，一时有些迷惘，觉得文字甚是怪异，从而对译本产生怀疑。其实，毋宁说怪异正是三岛文学的一大特征。所以，我在这里寄语喜欢三岛的朋友们，当您阅读三岛时，务必时时提醒自己：这是三岛，不是藤村，也不是漱石，更不是任何别的作家。说得直白些，面对三岛就是面对怪异，面对矛盾与极端，面对一具游荡于人生两极的灵与肉。

译者
二〇一一年十月风雨之夕
记于春日井市寓所